当代作家精品 · 散文卷　主编　凌翔

山谷里的花

于振坤

北京燕山出版社

图书在版编目（CIP）数据

山谷里的花 / 于振坤著 . — 北京 : 北京燕山出版
社，2022.1
ISBN 978-7-5402-6279-2

Ⅰ.①山… Ⅱ.①于… Ⅲ.①散文集－中国－当代
Ⅳ.① I267

中国版本图书馆 CIP 数据核字（2021）第 241021 号

山谷里的花

责任编辑：杨春光
封面插图：恰吉丸
装帧设计：陈　姝
出版发行：北京燕山出版社有限公司
社　　址：北京市丰台区东铁匠营苇子坑 138 号嘉城商务中心 C 座
邮　　编：100079
电话传真：86-10-65240430（总编室）
印　　刷：北京军迪印刷有限责任公司
开　　本：710 × 1000　　1/16
字　　数：100 千字
印　　张：13
版　　次：2022 年 1 月第 1 版
印　　次：2022 年 1 月第 1 次印刷
ISBN 978-7-5402-6279-2
定　　价：55.00 元

目 录
CONTENTS

野花 001

槐花香 006

阳春三月看春景 012

我的园子 019

那个小镇那片天 023

山谷里的花 029

看海 035

这条小河 041

溪水叮咚 049

难忘的夏天 055

秋的遐想 061

丁香花 069

我的母亲 075

我的鞭炮缘 081

种在心灵的花 085

登山 091

美丽的清水湾 095

我印象中的维克小镇黑沙滩　　　101

那天，我们来到了黄显声将军的故居　106

金凤凰　　　115

要给后代留下什么样的生存环境　　120

找对象与捡贝壳　　　128

多点微笑　　　133

择友的一点想法　　　135

人在什么时候最惬意？　　　139

出轨，你掂量了吗？　　　143

开车遇到的那点烦心事　　　148

想发财吗？　　　155

相爱的人一定会在一起吗？　　　161

玩具也会打上时代的烙印　　　166

猫，我这样看你了　　　170

知足就幸福　　　176

善意的假话　　　180

想健康就要少生气　　　183

你爱晒太阳吗？　　　187

身体是自己的吗？　　　193

向往什么样的生活？　　　196

苣荬菜，我的"护身符"　　　199

野 花

十月的北方，满山遍野已没有了
往日的绿色，树叶飘落，百花凋谢，
秋景让人觉得有些萧条、凄凉。

我和朋友漫步郊外，却惊喜地发
现原野上一片枯黄的草丛中盛开着许
多白色的小野花。也许是由于枯草的
映衬，加之又有阳光的照射，小野花
显得特别的耀眼。它们一簇簇、一片
片散落在原野上，像天上的一朵朵白
云；秋风袭来，它们舞动着，又像草
原上游牧人的羊群；如果你把眼界放
得再开一些，它们更像辽阔的水面上
漂过的一片片白帆。我兴奋地走近小

野花，仔细地端详它，看见小野花黄色的花蕊，白色略带点紫色的花瓣，花形有点像向阳花刚刚开花时的情景，但它太纤小了：高矮、胖瘦和草丛一般，花朵大小有如纽扣。有人说它像"紫菀花"，也有人说它像"大丁草"；我真的叫不出它的名字，却觉得它很像"野菊花"。你看，秋风中它一扫凄凉，跳跃着，欢笑着，多逍遥自在，我仿佛看到了许多小蜜蜂、小蝴蝶在小野花上飞来飞去……小小的野花虽没有玫瑰花那娇艳的色彩，也没有牡丹花那浓郁的芳香，却照样能把这秋天点缀得如此生机盎然！

我想摘一朵野花带回家中，朋友阻止我："除了照片，什么也别带走！"我理解朋友的意思，爱它们，就应该让它们开在野外，不要去惊动它们。

回到家里，我特意去买了一本《看图识野花》，想搞清楚那小野花的名称。可是，书页翻遍了，也找不出和它一模一样的花来。它到底叫什么名字？也许它太个别、太渺小了，连编书的植物学家都把它忽视了。我有点扫兴，也有点惋惜。

花的世界，万紫千红。是呀，当百花争艳时，能有多少人去关注或者欣赏那小小的野花？又有多少人肯为它花本钱？

它不因你的存在而存在，也不管你见或者不见它，它都在那里自由自在地生长。它用它那清新、美丽、小巧和自然，装点着这个世界。

我喜爱小野花，喜爱它从不和人斤斤计较；它不用你浇水，不用你施肥，也没有什么过多的奢望；它不喜欢喧嚣，也不追求浮华；它朴实，能经得起风雨，不像温室的花草……

小野花让我有了收获。其实，北方的十月也是收获的季节。

我推开窗户抬头看天，天高云淡，有一群大雁排着长长的队伍正飞向南面；远处，大片的稻田泛起了金黄

野
花

的浪花。

朋友问我："这个秋季你到底收获了什么？"

我该怎样告诉他？

大千世界，芸芸众生，谁能没有梦想？关键是你的梦想是否切合实际，万万不可好高骛远。喜马拉雅山高大，可攀登上去的毕竟是少数。要选择适合自己走的路。其实，即便是做了那原野上的"小野花"，又有什么不好！

野花

005

槐花香

小的时候，家的东南面有许多槐树——它们大多长在山谷里、溪水畔和马路边。

每年的六月前后，槐树开花，芬芳四溢，满街飘着槐花香。

村子里的大人们，早早地拎着篮子出去，晌午或者傍晚，再拎着装满槐花的篮子归来。

我五岁的时候，刚刚能够提起篮子走路，就跟着大人们一起去摘槐花了。

可是，那时我能摘几朵槐花呀！

我的眼睛只会注意林子里有什么好玩的。

当大人们摘槐花的时候，我一般是在追蝴蝶、捉蚂蚱，有时也会蹲在树底下认真地看蚂蚁搬家……

我的篮子里面，通常也会有些槐花，但大都是捡大人们遗漏到地上的，或者是大人们送给我的。

我贪玩，有时会把篮子扔到一边，跑到小溪里面去摸鱼，母亲发现了，就制止我，叮嘱我要多捡些槐花。

我听了母亲的话，开始多捡槐花。但也经常是一边捡槐花一边追蚂蚱。手里的篮子未免太大，追赶蚂蚱时不是磕到腿就是碰着地，搞得刚刚捡到的槐花，又会从篮子里面掉到地上……

那最糟糕的是追蝴蝶。

追蝴蝶时，我的眼睛往往只看天不看地，常常要跌上几跤，惹得大人们哈哈大笑。母亲也开始对我严厉起来……

当我7岁的时候，到了上学的年龄，母亲就不让我去摘槐花了，大人们还照旧。

据说，槐花入药，具有凉血止血、清肝泻火的功能。每年我们家都会弄很多的槐花。

母亲将摘来的槐花大部分晾干，然后拿到集市上去换些生活用品。换得最多的是鸡蛋，母亲说，鸡蛋补脑，让我多吃些鸡蛋，希望我将来能考个"状元"什么的。

母亲会用槐花做许多好吃的。例如：用槐花包饺子、做菜汤、煎饼子、蒸发糕……

我最爱吃的，是母亲用槐花做的发糕。村子里的人，称其为"槐花糕"。

做"槐花糕"，首先要将槐花洗干净，然后将其和玉米面掺到一起，接着放点油和调料，最后把它们搅拌均匀，再将其放到蒸锅里蒸熟。刚蒸熟的"槐花糕"热气腾腾，香喷喷的。吃的时候，如再蘸点白糖或者少许蜂蜜，哎！那个香甜啊，真是口齿留香、回味无穷！

我是喜欢上槐花了。

放学的路上，如果遇到一嘟噜一嘟噜的槐花，我就会静静地看着它发呆半晌。

我常想：那槐花像什么？

有人说它像挂满枝头的绒绒白雪，也有人说它像无数银色的小蝴蝶，可我觉得它藏于翠绿欲滴的枝叶中更像绿色海洋里的朵朵浪花……

说实在的，在花的世界里，槐花很普通、没有诱人的浓艳，但是它释放的芳香却久远醉人。

著名作家许地山在他的《落花生》里对他的孩子们说："你们要像花生，因为它是有用的，不是伟大、好看的东西。"我觉得许地山说的花生和我说的槐花有异曲同工之妙……

其实，我的父母何尝不希望我在社会上能做一个既"普通"又"有用"之人！

许多年后，原来摘槐花的那些地方，都建起了高楼，可是我对槐花的感情却依然是那样深厚，槐花的香气早已融入了我的灵魂……

槐花香

011

阳春三月看春景

夜里春风带着春雨，轻轻地敲打了门窗。睡得迷迷瞪瞪的我，似乎感觉到了，可又像是听到了催眠曲，睡得又香又甜。

早晨醒来，和煦的阳光从窗户照进来，鸟儿在屋外叽叽喳喳地叫个不停。我揉了揉惺忪的睡眼，推开房门，听到孩子们正在朗读孟浩然的《春晓》：

春眠不觉晓，处处闻啼鸟。

夜来风雨声，花落知多少。

孩子们的朗读声，让我想起了夜里下雨的事，索性要去看看桃花。

桃花在南面的山坡上，有五六里的路程。

经过一条小河时，一只母鸭带着一群小鸭正向河边赶来。母鸭挺着胸脯，迈着方步，左右摇摆着，嘴里不断地"嘎嘎"地叫着。

小鸭子们，毛茸茸的，黄色的绒毛，橘黄色的小扁嘴，在大母鸭的后面，也挺着小胸脯，迈着方步，一边走一边"呀呀"地哼着，只是它们的步幅要比大母鸭小一些，而节奏要快许多。

几只掉了队的小鸭子，扑扇着翅膀追了上来。

这群鸭子啊，大母鸭"嘎嘎"地叫着，小鸭子们"呀呀"地哼着。它们在说些什么？想表达什么意思？

哈哈！那些都是"鸭语"，没人会知道的。也许它们是在唱着春天的歌？或者是在说着春天的话吧？

嗯，还有一种可能就是告诉你，"春江水暖鸭先知"哩……

小河的上空，有几只燕子翻飞。其中一只燕子抖动着轻盈的翅膀，斜着从水面掠过，它的翅膀尖好像碰到了水面，带起一串水珠，然后，"唧"的一声又箭一般蹿入云中。

燕子，可是知冷知热的小动物，它冬天去天涯，春天归故里。

记得我老家的屋檐下，有一个燕子窝。那是十几年前的一个春天，花开了，草绿了，一对燕子在屋檐下飞来飞去。我仔细地端详着它们，发现它们的上体都是黑色的，下体都为白色略带点橘黄，两只小眼睛都是圆圆的，小嘴都是尖尖的，尾巴都是长长的剪刀模样。它们好像根本不在意我，一连几天，飞回时嘴里都是叼着草和泥巴。一晃十几天过去了，竟垒起个窝来。窝垒好后，燕子们就赶着下蛋。下了蛋，燕妈妈就在那里孵小燕子。在那个窝里，每年都有新的小燕子出生。在我的家乡，老人们普遍认为，燕子不仅报春，还是吉祥富贵的象征。

岸边的几棵柳树，已将嫩绿的枝条低低地垂到了水面。

小河对岸的田野里，草绿了，野花开了；牛拉木犁的春耕方式早已不见了，取而代之的是拖拉机、播种机、插秧机……人们正忙着春耕。

当我走到南山脚下，发现雨后的桃花更加鲜艳。那山坡地上，到处都是桃花——粉红色的、白色的，一朵朵、一串串、一片片，如海如潮，灿若云霞；每朵花上都有几片（数量不等，一般为六片，或者更多）椭圆形的花瓣，围着若干个亭亭玉立纤细的花蕊，俏丽妩媚，如少女的脸庞，百看不厌。微风吹来，桃花摇曳着，掉落的花瓣漫天飞舞，像雪花一样，让人目不暇接、神迷意醉……

许多蜜蜂在花间忙碌着。一只蜜蜂趴在花蕊上，平张着小翅膀，摆动着小屁股，正低头采蜜呢，撵都撵不走，好像醉在那里了。

赏桃花的人，络绎不绝。他们当中，有大人、小孩，有男的、女的，听说单身青年多一些。青年们有说有笑，在桃树边摆出各种姿势和桃花留影。他们多么希望桃花能给他们带来爱情的机遇！我相信，有了和桃花亲近的"缘分"，他们离"桃花运"一定不远了。

接近中午，家家户户炊烟袅袅。这时，我才想起我早饭还没有吃呢。

返回村子，一家幼儿园的小朋友们正唱着儿歌："春天在哪里……"

“春天在哪里？”我脱口而出。

春天在小朋友们的幼儿园里。

小朋友们的歌声，银铃般清脆、金属般悦耳，像一只只欢乐的小鸟飞向空中，又如一阵阵温柔的春风带着花儿的芳香飘进心房。孩子们的歌声，充满着生命的活力，应该是春天里最灵动、最美妙的音符……

春天在大自然的田野里。

春暖花开绿草茵茵，标志着万物复苏生机勃勃。春天，其实就是生命的重生、是生命沉睡后的升华……

春天在祖国的各行各业里。

人们在自己的岗位上，鼓足干劲，播下希望的种子。

其实，无论是你还是我，春天永远属于那些朝气蓬勃、有远大理想而又脚踏实地的人。

忽然，我想起一句话："如果四季是本书，春就是浸满淡淡清香的扉页，人们未曾翻读就被它深深吸引"……

是的，阳春三月的春景深深地吸引着我。

当然，包括昨天夜里春风和春雨敲打门窗的声音。

…………

我的园子

　　身在喧嚣的闹市，总想有个心灵栖息的地方。

　　我梦想自己有个园子。

　　园子不用太大，哪怕只有十几平方米。春耕时节，我将它好好打理，种上一片草，种上一点花，待到五一前后花开草绿，景色美极了，生活就多了一点情趣、一点生气。

　　闲暇时，徜徉在花草间，碧草如茵、花艳芬芳，我像个出笼的鸟儿，高兴地敞开胸膛，同花儿一起沐浴阳光。

园子的地盘有限，但是它的"领空"无限，足以举目千里。左顾有千山峻岭，右盼有田野河流；仰头看得见天边云卷云舒，侧耳听得见海边潮起潮落……

园子，处在大自然中。

人在园中，让大自然洗刷自己的心灵。

园子，适合心灵散步。

小时候，我家有个园子。

园中有一过道，北连家门，南接园门。过道两旁种些应季的蔬菜，周边种些月季花。东西两边的篱笆上，有各种颜色的牵牛花。

到了冬季，园子里的花儿没了，菜没了，到处都是白雪时，园子便成了我的乐园。

我可以在园子里堆雪人，堆完雪人堆滑梯，一玩就是半天。零下二十多度的气温，常常将我的小手冻僵，可是我一点也不在意，玩得很尽兴。

　　有时我玩抓麻雀。

　　抓麻雀，很有意思，也是个技术活。你得先用扫帚，把园区里的雪，扫出一点空地来，接着，在空地上扣上一个箩筐，箩筐的一边再用一根筷子支起来，箩筐的下面撒些谷米，用一根绳子，一头系在筷子上、另一头伸向隐蔽处，隐蔽处可以选择在房山头，也可以选择在门后，你躲在隐蔽处，手里攥着绳子，眼睛密切注视麻雀的动向，不用多久，就会有麻雀飞到箩筐的周围，它们一般不直接奔向食物，而是先在箩筐的周边蹦蹦跳跳，谨慎地向箩筐靠近。打头的麻雀，会瞪着圆圆的小眼睛，东看看西瞧瞧，还不时地翘着小尾巴，好像在告诉后面的同伴：小心……小心，看我的……不可轻举妄动。

这时候，倘若有点什么动静，麻雀就会噗的一声飞走。飞走了，还会再飞回来。但是，再飞回来的是不是先前飞走的，这说不准，它们长得都一样。你的任务就是躲在隐蔽处，屏着呼吸，盯住麻雀，随时准备将筷子拉倒……

时过境迁，儿时的乐园早已不在。

但是，我有了更大的园子——大自然。在这个园子里，有世界上最美的风景、最美的人。

最美的人，其实不是他的外表，而是他的心灵。

在心灵的原野上，种瓜得瓜、种豆得豆。你播种的是"花种"，所以你就收获了"花香"……

那个小镇那片天

我要说的是一个偏远的小镇。

那里没有高楼大厦，也没有小桥流水，只是一个普普通通的小镇——一条马路，马路两边瓦房一字排开，住着几十户人家。小镇里大部分人没乘过火车，也没坐过飞机。他们整日面朝黄土背朝天，日出而作日落而息，过着古老的农耕生活。只有一小部分人，在小镇里经营杂货店、小餐馆或者跑跑运输。他们经常跑外，见过世面，知道外面的世界很精彩，于是回到镇内就滔滔不绝地演说，搞得小镇里的一些年轻人纷纷跑到城里去，死活不肯再回到小镇。这些年轻人，喜欢城里的方便舒适，艳羡都市的摩天大厦，欣赏闹市区的"灯红酒绿"。而我却和他们恰恰相反。

我久居城里，不喜欢城里的喧嚣、拥挤，尤其是那旷日持久的雾霾……

我向往城外的生活。多少次，我从梦中醒来，幻想着有一天回到从前、回归自然，驾着耕牛、扶着木犁在一块属于自己的田野上犁田、播种。那是一片净土，空气新鲜，没有化肥，没有杀虫剂，更没有污染……

但，这终归是幻想。也许一个人过一种生活过久了，就会出现审美疲劳，就会觉得乏味无聊。前些日子，有人说："摸着媳妇的手，就好比左手摸右手……"是呀，两个人在一起的日子久了，"感觉"没了，"兴趣"没了，"媳妇当然是别人家的好了"！

人是不会安于现状的。就像世界上许多白种人为了让自己变得黑一点，经常裸体晒太阳，而许多黄种人却都想让自己变得白一些，他们怕晒太阳，尤其是那些大姑娘、小媳妇，遇到阳光，或者抹上厚厚的防晒霜，或者戴上遮阳帽、打起太阳伞，时常还要人为"增增白"。那些胖人天天想着减肥，而那些瘦人却天天想着增肥。诸如此类，不胜枚举。

我也是不安于现状的人，久居小城，时常向往着回到小镇、回到自然。

在前年的五月，一个无处不飞花的季节，我来到小镇。

小镇的四周是田野。田地里，麦苗青青，好大一片，像绿色的海；原野上，野花遍地，五彩缤纷，像彩色的霞。小镇在花朵和麦苗的环抱中，宛如一幅水彩画，清新、自然。

那天，正是下地做活的时间，小镇上，行人稀少，偶尔能听到生意人的吆喝声。我走在小镇的街上，感觉到了小镇的宁静。宁静的小镇空气也新鲜，天地间弥漫着麦苗的清香和野花的芬芳……

然而，让我惊叹的是小镇的天空。

小镇的天空是蓝色的。

那是一种不深不浅的蓝，蓝得晶莹、均匀，没有一点瑕疵，简直就是块无边无际的蓝色水晶，让人感到天之纯净与浩瀚。

对于我，那是一种久违的蓝。那天，云很少，只在天边有几朵洁白的云；云飘得很慢、很轻，软绒绒的，就像太平洋上远航的帆……

我没有想到小镇的天如此洁净、辽远，让人舒服，令人兴奋。那种长期在雾霾笼罩下滋生出的压抑、郁闷等不良情绪，一下子不知跑到哪里去了。

我高兴地要在小镇住上几天。入住的那天夜里，小镇的人已进入梦乡，而我却毫无睡意，望着满天的星斗思索：为什么我国经济发达的地区雾霾严重？经济发展和雾霾是一种什么关系？难道发展经济就得有雾霾吗？

回答这样的问题似乎很麻烦，但要举个例子说明却又很简单：有些国家的经济是发达的，天空也是湛蓝的。

是的，发达国家的天空，其实经历过"蓝天—雾霾—蓝天"的转变。

但那不是必然的转变，也不是等来的转变。

人类的生存与发展需要良好的自然环境，现代企业追求"可持续性"的发展，我们的子孙后代需要蓝色的天空……

既然如此，你还有什么理由在那儿制造或者放纵污染？

其实，我们都应该为保护和改善环境做些什么。

那天，我就这样一直想到深夜。深夜时，小镇的天还是蓝蓝的，只不过颜色要深许多。月亮像玉盘一样嵌在天幕里，漫天的星斗，有几颗大大的发着亮光，不时有流星划过……小镇的天空令人享受，启人思索。

时间过得可真快，一转眼，我离开小镇已经两年多了。现在，我还常常想起小镇——小镇的麦苗，小镇的野花，小镇的空气。尤其是那挥之不去的小镇的蓝天，每每想起，我还都会忘情不已……

山谷里的花

　　早晨醒来，鸟啼树间。我洗漱完，走出山村，直奔山谷。

　　山谷距山村五里路，但要翻过一个山头，再走上一段弯弯的小路。

　　正是春末，晴朗的天。从山里吹过来的风，带着青草和野花的气味，轻轻地吹拂着我的面颊和胸襟，我心生惬意，脚底生风，一会儿工夫就到了山谷。

　　站在山谷的边缘，看到山谷不深，虽有裸露的岩石，但没有悬崖峭壁奇石异峰，也没有雪浪翻卷飞瀑轰鸣。从谷底到谷顶，从眼前向纵深，绿茵茵是山谷的主旋律。那浓浓的绿、淡淡的绿，是树，是草，是野花的茎和叶。它们高低起伏，随着山谷而绵延。绿色的中间开着许多异样的花，有白色的老鸦瓣、照山白，黄色的龙牙草、刺五加，红或紫色的马兰花、益母草、锦地罗……

这些花，五颜六色、千姿百态，散落在山谷里，阳光一照，仿佛千万颗星星在眼前灼灼闪耀。微风一吹，它们像在跳舞，又像千万张稚嫩的小脸儿在向我微笑……

我陶醉于山谷里，欣赏着这里的每一朵花。

当走到山谷的底部，谷底的涓涓细流淙淙作响，浸湿了我的鞋子，我竟全然不知——我被小溪边上的一棵蒲公英吸引住了。它开了许多朵金黄色的花，绿油油的叶子，直挺挺的花茎，坚韧而苍劲。它的根像藤蔓深埋在小溪边的岩缝里。

这是一朵最为普通、最为常见的花。但是，这朵花和我以前见过的有所不同，以前见过的是趴在地上的，可这朵花是向上的。也许，是因为它长在小溪边能吸取足够的营养又没有人来践踏。它那张开的小花瓣微微颤动，好像在和我说话：欢迎你老朋友！是啊，相信我们这些"50后"的人，几乎所有的童年都曾与它邂逅过。它生长在路边、荒野、房前、屋后。那白白的小绒球，是它的种子。记得小时候，我常将那小绒球放在嘴边使劲地吹，每次吹，那小绒球都会四处分散，像天空中的降落伞。

如今，在城里已经很难再见到它了——到处是柏油马路、水泥地面、高楼大厦……一想到这些，怜悯之情油然而生……

我更爱这山谷里的花了。

也许，你会觉得这山谷里的花，没有河南洛阳的牡丹花花大色艳雍容华贵，也没有福建漳州的水仙花叶子秀美花香浓郁，更没有浙江金华的山茶花花姿绰约端庄高雅。

是的，我不否认你的感觉，它们是名花，具有很高的观赏价值。

但是，这山谷里的花却是纯天然、纯野生的啊！它们不羡慕名花，不卑贱自己，按照自己的天性活得非常自然；它们远离城区、远离人群，习惯于无人欣赏，活得自在且清闲。

我赞赏它们。

人，有许多种活法。

如何选择？

也许，你选择像这山谷里的"花"一样，会生活得不累，且富有情趣。

"智慧的人，永远不会活在别人的嘴里，或者眼里"。

　　我站在山谷里，久久不愿离去。忽然觉得这山谷之大、野花之多，而我之渺小。我被花包围，仿佛是花中的一员，融入了大自然……

山谷里的花

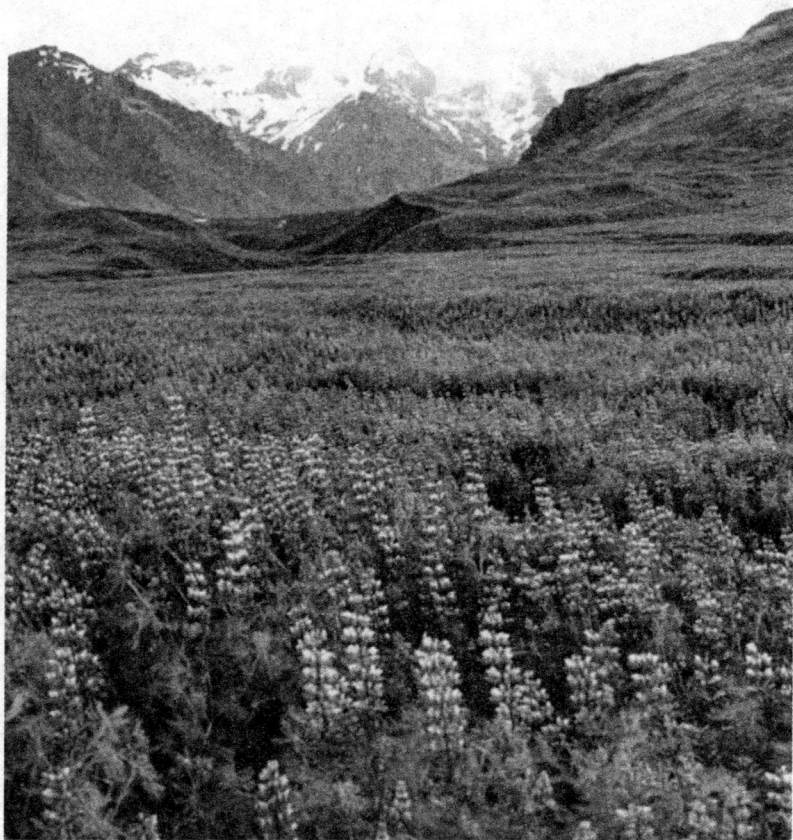

看 海

　　小时候，家住海边。那时，天天能看见大海，对大海好像没有什么依恋。

　　长大了，去内地工作，离海远了，却常常思念起大海来——大海的辽阔，大海的碧蓝……站在海边，举目远望，天海一色，飞鸟点点，那帆船满载而归……

　　多少个日日夜夜，大海让我心驰神往乡愁日增。

　　我常把蓝天当大海，把白云当

风帆……

　　风起云涌的日子，我就想起小时候站在海边看海浪向岸边奔腾而来的情景。

　　那滚滚而来的海浪，似乎排着横排，一个接一个，咆哮着，呐喊着，千军万马般冲向海滩，瞬间，高高的浪头就像高高的城墙轰然坍塌，溅起一片雪白的浪花。

　　戏水的人儿尖叫着、奔跑着，躲避着海浪……

　　风和日丽的日子，我就想起小时候在海滩上捡贝壳的情景。

　　捡贝壳最好的时机是海水退潮。

　　退潮了，海水退得老远老远，露出大片大片的海滩，那海滩沙质细腻、柔软，虽然有一些裸露的礁石，但总体上平整得像地毯一样。我光着脚丫，拎着小桶，在海滩上采撷那玲珑奇巧的贝壳。

海滩上的贝壳，时多时少，不是天天都能捡到。

捡到的贝壳，大小不一，有白的、黄的，还有不少紫色的，有些贝壳上面还有彩色的斑点和美丽的花纹。

这些贝壳一旦到了母亲的手里，就会变出许多小工艺品来。

有一天，我只捡到几只贝壳，怅然之际，忽然发现足有大人拳头那么大的一只螃蟹，它从一个小洞子里爬出来，端着两只前螯在海滩上横着走。

"螃蟹，你是要晒太阳吗？还是要看美景？"

我高兴得手舞足蹈。

那螃蟹好像发现了我，加快了"步伐"，还举起了两只前螯，瞪着两只乌黑突起的小眼睛，摆出要和我决斗的架势，那情景就像螳螂举起两只带锯齿的前臂，要和你打"螳螂拳"一样。说时迟那时快，我举起小桶扣了下去，螃蟹成了我的战利品。我高高兴兴地跑回家，母亲向我竖起了大拇指……

那个困难的年代，赶海是大人的事。每当家里揭不开锅，父亲就会去海里捕捞些海产品回来，改善一下家里的生活。

我是喝着苞米面"糊糊"、吃着海鲜长大的。

记得父亲跟我说："大海是你的根，也是你的家，不能忘了它，要经常看看它。"

母亲也曾说："心里装有大海的人，心胸才不会狭窄。"

对于父母的话，我小时候还不太理解，长大了才知道父母的用意，父母是要我做一个心胸宽广之人。

人的心胸就应该像大海一样宽广，一样包容，一样充满激情……

不能一点不满，就摔锅砸碗；一不高兴，就发火动怒。

更不能凡事斤斤计较、百般算计……

历史上，凡成大事者，均是豁达之人。

"眼宽，看天下景；心宽，容天下事。"

心情不好的时候，不妨去看看海。面海思过，看看自己的心胸，是窄了，还是宽了？心中有"海"的人，面对"大海"时，深知大海的美丽宽广，他会在生活的海洋中，坦然自若、游刃有余。

心胸狭窄之人，如若顽固不化，就会因为狭窄而缺少"阳光"，而缺少"阳光"的世界，注定是黑暗的世界。

如果真是这样，我劝你还是去看看大海！海之宽阔、海之蓝色，能使你感到舒服、清静，平复你烦躁的情绪、改善你的心情……

真的，可以试试，去看看大海吧！

其实，我们每个人都可以去看看大海，站在大海面前，一定会有意想不到的收获。

也许有一日，大海也会让你魂牵梦绕心驰神往……

这条小河

这条小河，从遥远的山谷流出，流过山坳，流过山林，蜿蜒地穿过村头，急急地向东流去。它在从容地拐过九十九道弯后，倔强地、不回头地融入了一条大河。

它日夜流淌，"哗啦啦"的流水声就像一首欢快的歌，清脆悦耳。走近它，河水清澈见底，鱼儿嬉戏追逐，鹅卵石随波颤动……

它一边傍山，山上绿树浓荫；一边邻田，田中稻谷延绵。

  它就是我家乡的一条小河。一条普普通通的河，在我儿时从我的心头"流过"，留下了永不磨灭的痕迹。

  小时候，炎热夏天，我常和村子里的孩子们赤条条地跳进河里游泳、捉鱼；寒冷冬天，我和小伙伴们在冰面上抽陀螺、坐冰车……整日玩耍，乐此不疲。

  这条小河，不知途经了多少沧桑。它虽然没有长江、黄河那样的磅礴气势，但却有长江、黄河一样的宽广。它用它的"乳汁"哺育了世世代代生活在小河两岸的儿女，被村里人亲切地唤作"母亲河"。

  这一年，这条小河耐不住冬日的清闲，和我们一起迈进春天。春天家乡的人在希望的田野上播下种子，可是到了夏天，人们看到的不是绿油油的世界，而是满目萧瑟——庄稼枯萎、稻田龟裂、山林枯黄，就是古人笔下的"赤日炎炎似火烧，野田禾苗半枯焦"。

  此时，我的家乡正遭遇百年不遇的干旱。

那日夜欢唱的小河不见了，河底的鹅卵石，暴晒在烈日下，像个"火炉"。我呆呆地站在那里，就如同滞留在荒漠戈壁中，内心一片凄凉……想起它往日的潺潺流水，想起它带来的不尽欢乐，我忧伤、焦虑……我好像看到了鹅卵石的缝隙间那拼命挣扎的几条小鱼，它们张着大嘴，扭动着近乎僵硬的身躯；又好像看到了"小河母亲"用哭干了泪水的眼睛，凝望着天空，双手捂着自己干瘪的乳房，乞求上天的恩赐：快救一救这些就要枯死的庄稼……

　　旱灾，击碎了庄稼人的梦想。

　　村东头有个王老汉，看着自家承包的几亩麦田即将干枯，急得像热锅上的蚂蚁。有人给他支招：给"龙王"上上香。他就天天烧香拜佛，求"龙王"开恩——让上天降雨，让小河流水。他整日跪拜，可谓虔诚，但却数日无果。村子里有些人觉得他愚昧，有几个不知"深浅"、爱开玩笑的人就聚到一起对他说：

"老王头，你给'龙王'上香不行啊！糟老头子，谁爱看？"

"你应该找些美女来给'龙王'上香。"

"美女养眼呀，'龙王'也爱看几眼，你说是吧？"

几个人你一言我一语，说完放声大笑起来。老王头像受到了羞辱，把眼睛一瞪："去你的！"那几个人便撒腿就跑，边跑边笑，像一群鸭子"嘎嘎"地跑掉。

我还真听说过在山西晋中一带有美女求雨一说，当地人称之为"七女子祈雨"。方法是：天旱时，由村里挑选出七个聪明伶俐、品行兼优、家门兴旺的年轻少女进行求雨。求雨这天，众人一路吹吹打打，锣鼓喧天，好不热闹。到了祭地，先把这七个少女家中所用的蜡烛配在一起，再以这七家的蜡烛和七家的炉灰用水调成稀泥，并将它抹在一块明亮的方块石头上，上面放一个大罐，罐里盛满清水，然后，由这七个少女扶着罐子的边沿转圈行走，七个少女楚楚动人，嘴中不断地念叨着求雨辞："石头姑姑起，上天把雨去。三天下，唱灯艺，五天下，莲花大供……"

其实，类似的方法历史上屡见不鲜。

想必前人也懂得"女人经济"，但这可不是"车展"。

无论是谁，想靠"求"或者"拜"而从"天老爷"或者"龙王"那里得到雨水，都是痴心妄想。

新疆的"坎儿井"把天山的冰雪溶水引流到了吐鲁番，滋润了那里的万物，造福了那里的人民，使得干旱的吐鲁番年年鸟语花香。其工程之大——绵延上千公里，难道是靠"给'龙王'上香"或者"恳求天老爷"得来的吗？

不是。而是靠新疆的前人一锹一镐挖出来的呀！

　　著名的"京杭大运河"全长一千七百多公里，不也是靠前人一锹一镐开凿出来的吗？

　　干旱是天灾，但战胜干旱要靠人力，靠科学实干。

　　当下，政府在争取人工降雨时，组织抗旱自救。干部积极组织抗旱，村子里的老老少少也都纷纷加入抗旱的行列。

　　你看，有浇地灌水的，有送泵送管的，还有铺管建池的……

　　那运水的队伍，熙熙攘攘，车水马龙，从清晨忙到午夜。但是不管活儿多忙，路途多远，身体多累，只要拉到了水，可以满载而归，他们的脸上就堆满了笑容。我从这笑容中，悟出了他们对水的渴望、对水的期待……

　　水是一切生命的源泉。你的血液里流淌着水，植物的根茎中流淌着水……有了水，这个蔚蓝的星球才有了生命的气息。

早晨，女儿打来电话，要我关好水龙头，不要有长流水，最好用洗衣水冲马桶、用洗菜水浇树苗……节约每一滴水，从点点滴滴做起。

我想，一滴水微不足道，但如果我们每个人每天节约一滴水，那全国人民加起来每天就是节约十三亿滴水。这数量少吗？

我们所用的水是不可替代的宝贵资源。我国淡水资源紧缺，是世界上缺水的国家之一。我们应该"人人节水，共抗缺水"。

如果有一天没有了水，你还能刷牙、洗澡、洗衣、煮饭吗？你还能看到那美丽的杭州西湖、浩浩荡荡的长江黄河吗？你还能看到那迷人的黄山云海、圣洁的珠穆朗玛峰吗？

水和人类息息相关。

我喜欢水。眼前的旱灾让我痛心。我走在村边的土路上，滚滚浓烟般的尘土弥漫在空中，空气里好像没有一点湿度，让人觉得很不舒服……我想起，小时候，在三伏天，跳进小河里，仰浮在水面，看着两岸青青的草，望着天上白白的云，感叹大自然风光旖旎，有时候，我还能听到岸边牧童的笛声和女人们洗衣的棒槌声、欢笑声……

我想念家乡的这条小河。

溪水叮咚

打开手机，一条微信：花开花谢、潮起潮落，不经意间我们已经走向了人生的晚年，从呱呱坠地到两鬓斑白，岁月的行囊里装满了苦辣酸甜……

A 君传给我的。

A 君最近经常感叹生命苦短。

是呀，在人生的路上，走着走着，就走到了晚年，心还没老，可年龄在那儿摆着呢！面对被岁月的风霜催老的容颜，难免有些酸楚，这真是一种无奈。

我走在一条小溪旁，停下了脚步，蹲下身来，仔细聆听那叮咚的水声。水声泠泠，宛如琴声，闻之悦耳。

举目眺望，小溪行走在山石间，虽然没有长江黄河神奇壮美，但也跌宕起伏、溅玉飞花。

这真是一条快乐的小溪，唱着歌儿奔向远方，远方的路途崎岖、坎坷，远方的大海将使你失去自我，可是你却很坦然。

你跳着、跑着，时而拍拍岸边的卵石、时而摸摸堤上的垂柳，天真、浪漫、顽皮的神态，令我倾慕，让我遐想……

年轻时，我爱看大海，母亲说："常去看大海，心胸就不会狭窄。"

是呀，波澜壮阔的大海有着宽广豪放之美。在大海面前，我真的感觉到了宽广、博大的美丽。大海让我学会了宽容……

中年时，我爱看瀑布。黄果树瀑布、壶口瀑布、庐山瀑布……那气势磅礴、浩浩荡荡飞流直下的瀑布，如玉般洁白、如雷鸣轰响，似烟、似雾、似万马奔腾，有种男人的阳刚之美，令我鼓舞！

老年时，我爱看小溪。也许是人到老年，少了快节奏，喜欢平静的缘故。

这条小溪，近看，溪水清清；远看，清秀自然。那不休止的水声荡漾着乐与美的韵律，仿佛飘逸出生命的华彩与灿烂在于快乐……

我对 A 君说："人没有长生不老的，失去的年华不会回还，要珍惜活着的每一天。既然快乐是一天忧愁也是一天，为何不选择快乐？"

快乐的时候，心态阳光，整个世界都美好；忧伤的时候，心态晦暗，看什么都不顺眼。

小溪是快乐的。

小溪的快乐在于声，人的快乐在于心。你的心大了，事就小了；你的心宽了，烦就没了。

心态决定了你的生活态度，生活态度决定了你的生活质量……

心态好的人，一般会用宽容的心欣赏身边的每一个人，就像欣赏一幅山水画。真正的朋友也会在你欣赏的眼光中向你走来。

心态好的人，通常具有满足感。

人性的弱点就是想占有，想占有自己喜爱的一切。其实人的一生不要有太多的奢望，如果整天跟人家比，房子没人家大，车子没人家好，老婆没人家靓……那你怎么能快乐?

知足者身贫而心富，贪得者身富而心贫。

不要感叹生命苦短。孤独、寂寞、痛苦、失败、恩恩怨怨是人生不可缺少的调味品，就看你怎样处置。

心态好的人，总能看到乌云后面的太阳，敢于向困难挑战、向逆境说不，勇于担当，是快乐生活的缔造者。

心态不好的人，心胸狭隘，老是看不到乌云后面的太阳，抱怨连连，老急、老气、老郁闷……

当然，好的心态需要历练。

泰戈尔曾说过："只有经历地狱般的磨难，才有创造天堂的力量；只有流过血的手指，才能弹奏出世间的绝唱。"

人，都是被逼迫出来的。在环境的逼迫下，坚持好的心态，不断地有所追求，快乐就会像溪水一样不断地奔流……

我的思绪就像这溪水一样不断地奔流。

奔流的溪水，叮叮咚咚，常常能唤起我对往事的回忆。可是，往事中的那些苦辣酸甜，已经在溪水的"叮咚"声中，渐渐地消失得无影无踪……

难忘的夏天

夏天的太阳，不如春天时温柔，发起威来，像火一样烤人。大地会被烤得像冒了烟，树木会被烤得打不起精神，行人会被烤得汗流浃背恨不得有个冰箱钻进去。

酷暑难耐，可是我喜欢。

我可以去松林。

在我家西丰镇的北面有一座山，山的北坡有一片松林。松林里的松树笔直高大，烈日下更显苍翠挺拔。密密层层的枝丫遮天蔽日，阳光很少射到地上，射到地上的点点阳光，也没有了烈日的威力，变得很温柔。遍地散落着一些陈年落叶，走在上面像踩着柔软的地毯。在林中漫步，能闻到松枝的芳香，能感到空气的清凉。走累了，就选择一棵松树，倚着它坐下来，喝点水、吃点东西，或者看看微信、看看书，也可以在两树之间系上个吊床，美美地睡上一觉。这里的"负氧离子"浓度高，呼吸起来，神清气爽，你会感到很舒服。有时，你还能看到淘气的小松鼠在树上蹦蹦跳跳，它的身体小巧敏捷，毛茸茸的粗尾巴，老是弯弯地翘起来。两只可爱的小眼睛滴溜溜地转，闪闪有光。它们好像根本不怕人。有一天，一只小松鼠竟然竖着身子坐在我的面前啃吃松果……

在松林里，经常能听到风在林中穿梭，发出深沉而酣畅的声音。有人说，那是松林在唱歌……

我可以跳到小河里。

不要说去海边、去水库避暑，我家南边就有一条齐腰深的小河，叫寇河，是避暑的好地方。河水从山中来，清凉得很。每逢盛夏，那里是孩子们的乐园。

记得小时候，我和小伙伴们跑到河边，一个猛子扎到河里。哇！河水好凉！清凉的河水，简直会让你忘掉世界上的一切！我们"搂狗刨""水上漂""抓底浮""打水仗"，在河里一待就是半天。常常遭到母亲拿着烧火棍或者拧着我的耳朵把我撵回家。

现在，闲暇时，我也常去那里。虽然，不能像小时候那样一丝不挂、"浪里白条"，但是，穿上泳衣，在河边打个遮阳伞，水里半天，岸上半天，也是人间天堂。

微信里，我常和朋友们说："你要捕捉夏日那醉人的清凉吗？那你不用去承德山庄，也不用去大小兴安岭，就到我的家乡——辽北的西丰县山村来。在这里，你可以领略夏日的多情，看看夏日的清凉是怎样吻过你的脸庞……"

来吧！山村夏日的夜晚也迷人。

山村的夜晚，不像城市里灯光如海、人车如流、喧嚣嘈杂，它贴近大自然，要安静许多。随着太阳的落山，月亮高高地挂在中天，圆润、安详。月光清澈、柔和，像水一样倾泻下来。星星们眨着眼睛，好像在看着你。在这里看到的星星，要比城里看到的多。巨大的银河横卧在夜空，像一道水花飞溅的河流，常让我想起中国古代"牛郎织女"的传说。在它的左面，能看到猎户星座的七颗星，有时还能看到流星在夜空中划出靓丽的银线……

田野里蛙声一片，墙角里蟋蟀弹琴。乡亲们晚饭后，高兴地搬出小凳子，摇着扇子，聚在村头的大榆树下，谈天说地。这时，从山里吹过来的风，带着清凉，吹在人们身上，驱散了白天的烦扰，纳凉的人们舒服极了……

说起夏天，就会想起夏天的雨，夏天的雨也让人喜爱。

有一天，我去集上买菜，天气热得透不过气来，忽然，大片乌云从天边涌来，跟着电闪雷鸣，我没带雨具，附近又没有避雨的地方，我加快脚步，可没几分钟，雨就瓢泼似的倾泻下来，我被淋得像只落汤鸡。当时，形象差了些，可心里爽啊！

雨后的天气，也凉快了许多。

我爱夏天。当然，包括田野里那葱茏的世界。翠绿的大自然，在热浪中渐显幽深和成熟。茉莉，紫薇，荷花，玫瑰……夏天从来就不甘寂寞，淡雅和浓艳胜过七彩的云霞。

我爱夏天。夏天，是一个让我愉快的季节。

在职场上打拼多年，我似乎更喜欢夏天的性格。

"夏天有性格吗？"你问我。

"有啊！它奔放、洒脱、豪爽，从不拐弯抹角。不是吗？你看看它笼罩大地的阳光，看看它倾盆而下的大雨，看看它铺天盖地的浓绿……你就会懂得。"

"是的。拘束、小气、虚伪、优柔寡断，难成大业。"

啊，我爱夏天。它火热又清凉，难耐又怡人；淡雅里不失浓艳，奔放中不失有度。它就是这样神奇与迷人，令我难忘。

秋的遐想

秋天，是收获的季节。有点时间，我就爱坐在田间地头上，抽上一袋烟，欣赏村里的丰收美景。

村西边的稻田，稻子熟了。金黄色的稻浪，一起一伏、涌向远方，与碧蓝的天空相接一体，既壮观，又养眼，真是一幅美景。

东边的果树，沉甸甸的果实缀满枝头——红的是苹果、黄的是鸭梨，阳光下，像挂满枝头的彩灯，既喜庆，又迷人。

　　南边的瓜地，滚圆滚圆的西瓜瓜熟蒂落，随便摘下一个，观其瓢，皮薄肉厚；咬上一口，甜滋滋的、清爽可口。

　　紧挨瓜地，是一片菜田。菜田里的蔬菜，品种不一，有的挂在架子上、有的卧在地上……我最爱看那绿油油的青菜叶。若是晴天，那上面闪动的露珠，亮晶晶、颤悠悠、娇滴滴的，像璀璨夺目、光鲜亮丽的宝石。

　　场院，在村子的北面。那里脱粒机轰鸣。马拉石碌子仍然能派上用场。人们有说有笑，到处是丰收的景象……

　　再往北是一片山林，多半是些枫树、杨树和灌木丛。

　　层林尽染时，那山林壮阔多彩、分外妖娆。

醉人的是那枫叶——鲜艳、热烈，宛如一片片燃烧的火焰，又如一片片绚丽的晚霞。我常因此而想起杜牧的诗句："停车坐爱枫林晚，霜叶红于二月花。"穿越历史的时空，我仿佛看到杜牧陶醉时的情景……

　　是呀，流丹的枫叶拨动心弦，每每看到，我总要多看上几眼，惹得思绪万千……

　　小时候，妈妈常带我去河边洗衣服。有一次，一片小小的树叶从河上游漂下来，树叶鲜红，树叶在水底下的影子颤颤巍巍，这一上一下，像轻舟载着晚霞。妈妈说那是枫叶，顺手捞了起来，小心翼翼交给我，让我做书签。于是，我将它从小学带到中学，又从中学带到大学……十几年来，每当我看到它，就想起家乡的枫树、想起妈妈……

　　有一年，窗外秋雨绵绵。妈妈说："春雨绵绵，秋雨也绵绵，可春雨送暖，秋雨送寒。"

"还是春雨好。"我说。

妈妈不认可，她说："暖和寒是对立统一，缺一不可。该'冷'的时候就得'冷'……"

妈妈有文化，说的话很有哲理。她是在告诫我：做事情既要怀有热情，又要保持冷静。

窗外，秋雨淅淅沥沥下个不停，清清冷冷的秋雨冲刷着夏天余下的浮躁，大自然，安静了许多……

深秋的一天，我漫步林中，一阵风来，千树万树招展，片片树叶飘落。看着一片片落下的树叶，不舍与无奈萦绕在心头，没有什么力量可以让飘落的树叶重回枝头。

秋风太无情！

可细细想来，如果没有秋风，满树的枯叶如何入土？

入土的落叶，作为个体的生命它将消失，变成一种新的物质，新的物质滋养着新的生命。这就是物质不灭定律。是大自然的规律。

无情的秋风，让我们看到了它善良的一面。当然，你会觉得，树荫渐渐变得稀疏、林木渐渐变得光秃。可是，少了虚浮的遮掩，多了明媚的阳光，该有多好！一切都真实得让人一眼洞穿⋯⋯

你看：那天空又高又远，像一望无际平静的碧海给人以开阔的胸怀。

我赞美秋天！

秋天，不会像春天，让我们为田野里的一点嫩芽而惊喜；也不会像冬天，让我们沉醉在一场初雪的浪漫里。秋天，是一种成熟的美、深沉的美、全方位的美！它在自己的季节将要结束之时，把最美的呈现给了世界。

人，如果老了，是否也要像秋天这样呢？

人，也是自然界的一部分。人老了，该怎样面对世界、面对自己？

是哀伤，忧愁，怨声载道，蓬头垢面……不！生活，需要追求；人生，需要坚强。

"人老如金秋"。

变老的时候，一定要变好，不必黯然神伤。就像稻谷飘香，就像枫叶红艳，就像瓜熟蒂落。

变老的时候，一定要平静，不必忐忑不安。就像日月经天，江河入海，树叶飘落，顺其自然。

变老的时候，一定要豁达，不必再斤斤计较。就像秋天的天空又高又远……

"四季"轮换，婴儿啼哭，我们在变老。让我们好

好享受晚年，享受这美好的"秋天"。既然挡不住容颜
的衰老，那就让心态更加年轻、更加美好，就像没了叶
子的树林，添了更多的阳光，让洒满阳光的岁月陪我们
安然抵达彼岸。

…………

山谷里的花

丁香花

家乡的四五月，正是丁香花盛开的季节。

每当这个季节，我都会抽时间回到家乡去看盛开的丁香花。

有趣的是，丁香花在我家前面那个山坡地上，开出两种颜色来：南坡开紫色的，北坡开白色的。村子里的人谁也说不清楚这是怎么一回事。不知道当年丁香树还是种子的时候是怎样一种情景。是鸟嘴里掉落的不一样？还是大风刮去的不一样？是人为的？还是天然的？

咳！不去想它了。或许是因为南坡离太阳近，太阳给了它们太多的温暖。

竟有人赞同我说："差不多，要不挨近赤道的人怎么是黑的？"

其实，我也说不清楚是怎么一回事。

我带着迷惑走过了一年又一年。那山坡地似乎变得越来越神秘了——丁香树林的规模越来越大，丁香树的枝叶越来越茂密，山坡地的传说也越来越多，丁香花在我心目当中也变得越来越神奇了。

你看，小小的丁香花，不管是白色的，还是紫色的，都朴素淡雅，它们一簇簇一片片藏于翠绿欲滴的枝叶中。

白的，就像大海里涌起的浪花，又如挂满枝头的绒绒白雪；紫的，就像天边的彩霞，又如栖于枝头的千万只彩蝶。

那烂漫的景象，让人遐想连篇。

无论你走到哪里，只要周边有丁香花，空气中就一定弥漫着它的清香。那清香是淡淡的，轻轻地沁入你的心脾，你会觉得好香，好舒服！就像你干渴的时候喝到了清凉的泉水，既畅快又解渴；又像你听着悠扬的背景音乐、喝着美酒、想着你的那点"美事"……简直令你喜悦，令你陶醉，令你赞叹！

不少人赞美玫瑰花的争芳斗艳，欣赏牡丹花的国色天香。

可是我想，丁香花虽然没有玫瑰花鲜艳，没有牡丹花驰名，但它的白让你觉得纯洁、幽雅，它的紫让你觉得尊贵、神秘。它质朴而不失华贵，普通而香满人间。这大概就是丁香花的高贵之处。

历代文人墨客为丁香花留下了许多诗句和故事，但大多和忧愁、苦闷连在一起。时代发展了，应该换个角度赋予丁香花新的内涵。丁香花虽然柔弱，但它的气质多么纯朴，不与同行争名，不与小人逐利。香溢四方时，内心是多么淡定、从容……

我从丁香花的美中，体会到了"低调做人、高调做事"的韵味。

有天傍晚，我和几个朋友坐在一起谈起丁香花。我问他们："怎样才能做到'低调做人、高调做事'？"

A 说："别显摆，别嘚瑟，人堆里别大声打电话。"

B 说："别装，别瞧不起人，想打人的时候手放下，想骂人的时候嘴闭上。"

C 说："为人谦虚谨慎，做事高标准高要求。"

D 说："夹起尾巴做人，不要太把自己当根葱。"

朋友们说的对。

低调做人，是一种修养；高调做事，是一种责任。做人就应该像丁香花……

其实，丁香花早已开在我的心里。

几年来，走南闯北。但是不管在哪儿，只要看见丁香花，我就会情不自禁地多看上几眼，也会常常因此而想起那些普普通通、淡泊名利、默默无闻、努力做事的人……

我的母亲

一年一度的母亲节快到了，我只能在梦里问候母亲了。

小的时候，在部队工作的父亲经常不在家，家里的活儿，基本上都落在母亲一个人的身上。那时家里吃水须到一百米外的井里、由母亲用扁担挑，一担水足有八十斤重，母亲一天要挑四担水。每次母亲挑水，遇上好天，我都会跟在母亲的身后跑，只见那两端挂着水桶的扁担在母亲的肩上随着母亲的脚步而上下呼扇着，那呼扇的扁担就像大雁扇动着翅膀，那呼扇的扁担又会发出"嘎吱""嘎吱"

清脆而悠扬的声音。那声音，曾伴随母亲的脚步划破黎明的寂静；那声音，也曾飘过风天、雨天，穿过严寒、酷暑；那声音，是那么悦耳，像动听的音乐，更像劳动的号子，深深地留在我的心里。

冬天，母亲挑水一般就不让我去了，因为，冬天井口周围冻有厚厚的冰。

那时家里没有煤气。母亲要经常劈柴、生炉子，每天还要做饭、洗衣服……母亲也真能干，我没看过母亲因为干活而悲叹过。

那个年代，全家都指望父亲一个人的工资维持生活。

有一天，一个卖糖葫芦的人从我家门前过，我高兴得跳起来叫母亲给我买一个。可母亲摸摸兜迟疑着，就听母亲轻声说："不够呵。"我说："抽屉里有钱。"不等母亲发话，我打开抽屉就要拿钱。可母亲此刻摁住了我的手，嘴里说："乖儿子，这钱是给你爷爷留的，哪天妈一定给你做个最好的'糖葫芦'。"原来，母亲非常孝顺，她支持父亲将一半工资寄给爷爷。虽然，我们家当时的生活比较拮据，但我没见母亲愁过。

母亲心灵手巧。过年了，家家的孩子们都要穿新衣服，母亲就把父亲的旧军装改一改，给我穿上。穿着母亲改过的军装，我常常再戴上父亲的军帽，系上父亲的腰带，在镜子面前照啊，照了一遍又一遍。有一次，被邻居张大爷看见，他对我妈说："嘿，你儿子像个小兵。"张大爷话音刚落，我就冲他大声说："不对！我是'四个兜的'，是干部！"张大爷听我正儿八经地说，笑得前仰后合。

年三十晚上，按照我们家的传统——母亲要蒸一大锅馒头，一个普通的馒头，母亲能做出好多花样来，有桃的、枣的，还有小动物的。母亲是想增加我们过年的乐趣，我们往往先把小动物的馒头当成玩具，然后再把它吃掉。

　　几年的光景，我长大了些，能帮母亲做一些家务活了。母亲就找了一份工作。母亲会画画，在一家制镜厂负责镜面设计。我清楚地记得母亲画过一幅画：一轮红日从大地上冉冉升起，布满霞光的池塘边上立着两只仙鹤，一只低头将嘴深深地插进水里，似乎在水中寻觅着什么，另一只昂首，似乎在看蓝天飘过的白云；池塘里，贴着水面的是许多荷叶和浮萍，高出水面的是盛开的各式各样的荷花。母亲的这幅画距今已有五十多年了，虽然算不上什么名画，但它出自一个没有经过什么专业学习的家庭妇女之手，我认为足矣。它是那样美丽，那样清晰地珍藏在我的记忆里。

　　我参加工作时离开了母亲。有一次，我去看望母亲，见她正在厨房里做活，就过去帮她。可我不小心将头撞在厨房油烟机的一角上，顿时，头破了一个口子，虽然口子不大，但血流不止。母亲见此状，急忙跑到街上叫辆出租车，坚持将我送到了医院。那时，母亲已七十多岁了，可却丝毫看不出她有一丝的蹒跚。

在母亲眼里，我永远都是个孩子。母亲经常打电话问我学习、生活的情况，特别是听说我工作有了进步，她高兴得不得了，鼓励我百尺竿头更进一步。改革开放以后，家里的生活条件好了，每次我到母亲家，母亲都会做些我爱吃的让我吃，并问我这问我那。走的时候，母亲总是站在门口目送我走远。

我的母亲就是这样一位母亲，她姓林，名翠兰，出生在辽南农村的一个普通家庭。她和千千万万个普通的母亲一样，生儿育女，尽职尽责，无私奉献，任劳任怨。如今她走了，我再也听不到那清脆而悠扬的扁担声，再也看不到她描绘得惟妙惟肖的池塘与仙鹤，再也吃不到她亲手做的那乖巧的"动物馒头"，再也穿不上她为我做的那标准的"四个兜"军装……母亲带走了我的牵挂，却给我留下了无尽的思念，每当我想起母亲，都会潸然泪下。

我永远感谢我的母亲，是母亲给了我生命，把我带到这个世界。在我成长的过程中，是母亲给了我极大的关爱和呵护，直至她生命的最后一刻。我祝福我的母亲在天堂里幸福快乐！

我的鞭炮缘

我小的时候，过了小年，父母就开始为过年忙碌了。

那时，母亲一边忙着打扫家里的卫生，一边开始做过年时吃的馍馍、年糕，还有丸子、皮冻等一些菜品；父亲则忙着备足柴草和置办些年货。

在父亲置办的年货当中，有我的鞭炮。

我的鞭炮，说是鞭炮，其实就是小鞭，而且是最小的小鞭。

过去鞭炮有大有小，最小的圆珠

笔芯那么粗，长不到两厘米。父亲每次都给我买最小的。尽管每次在父亲买鞭炮前我都会央求他给我买大一点的，比如呲花炮、二踢脚之类的，可是父亲根本不听我的，总是给我买最小的，而且就买一小挂——100响的。

为这事，每次我都会冲着父亲咧嘴，可是父亲每次都会安慰我说："大鞭炮，小孩子放不安全。等你长大了，咱就买大的。"

后来，我知道并不是父亲不给我买大鞭炮，而是家里面的钱紧张。

那时父母每年的收入勉强维持全家人的开销。

尽管如此，每逢过年，父母都会把年过得像模像样。父亲常说："穷家也要过好年。"

是的，父亲是这样说的，也是这样做的。他很"要强"，过年时街坊家里有的，我们家基本也都有。

虽说我的鞭炮少点，可是父亲让我一个一个放，每天都放点，100 响鞭炮也能放到十五。

自从我知道家里的钱紧张之后，就再也不跟父亲嚷嚷给我买大鞭炮了。

那年我上初中一年级，家里养了一头小猪崽。为了减轻父母的负担，我每天放学后主动去挖野菜，增加小猪崽的饲料量。三伏天，母亲看我脸蛋晒得黑黑的，肩膀也晒爆了皮，心疼地劝我别去了。

可是我坚持着，学校的作业也没有落下。到了年底，小猪长成了大猪，足足有 200 斤重。全家人高兴坏了。父亲找来个屠夫把猪宰了，一半留着家里人包括亲戚朋友过年吃，一半拿到集市上卖掉了。

父亲用卖猪肉的钱给我买了 5000 响的鞭炮外加 10

个二踢脚，那一年的春节，我过足了鞭炮瘾。

时过境迁，儿时的我已步入了老年。

现在的孩子们讲环保，鞭炮放得很少，而且当年的小鞭似乎已经绝迹了……

种在心灵的花

下雪了。

雪花终于应了冬之约，款款而来。零零星星，像柳絮，也像飘落的梨花。

这是入冬的第一场雪。

第一场雪，总会带给人们些许的新奇和愉悦。

今冬的雪来得晚，入冬快两个月了，才看到雪。村子里的人，三十天不见雪，就急得像热锅上的蚂蚁，担心明年的收成。附近的山坡、田野，多日不见雪，也显得萧条。

雪没有让人们失望，越下越大。

都说"燕山雪花大如席"，我看眼前的雪不比它差。大片大片的雪花，密密麻麻，像一团团松软的鹅毛，从昏暗的天空中飘落——没有风，它们不再像柳絮一样飞扬，而是加快脚步，好像在赶集，摩肩接踵，乱乱的步伐，没有一丁点儿声响……

这漫天的雪，知道自己来自大地，眷念这浩瀚的故土，像游子，深情而来。

霎时间，山川、田野、村庄，全都笼罩在白茫茫的大雪之中。

"北国风光，千里冰封，万里雪飘。"

皑皑白雪，覆盖着田野的荒芜，装点着斑驳的大地。

我置身在这"白色的王国"里，静静地，看静静的落雪，真美。动中有静，静中有动，轻盈曼妙，如诗如画。它像优雅的音乐，也像温馨的情话，袅袅地响在耳边……

　　此刻，平日的喧嚣与烦恼，早已烟消云散。

　　我想起小时候，曾幻想雪是白天鹅身上掉下的羽毛，奶奶却说："雪是天上的仙女撒下的玉叶银花……"

　　多年后，我知道雪是水的精英，是冬天的使者，是大自然的杰作。

　　每当我看到飘飘洒洒的雪，耳畔就响起奶奶的话，仿佛听到了天国里传来动听的音乐，看到了月宫里的仙女们摇动着玉树琼花……

　　奶奶的话，在我心里扎了根。

　　雪落在地上，也落在我的心里。我越发觉得那纷纷扬扬的雪，潇潇洒洒，晶莹如玉，洁白无瑕……

我常想：人的灵魂是否应该像雪一样纯净？像雪一样洁白？

雪的世界壮丽无比。其实，就每片雪花而言，也是很美的。将雪花置在放大镜下，你会发现：每片雪花都是一幅极其精美的图案。有的像明亮的星星，有的像松树的枝叶，有的像窗户上的冰花……真是千姿百态，美不胜收。

小小雪花，如此美妙，但凡看过之人，都会赞叹不已。

下了一天一夜的雪，停了。

孩子们迫不及待地跑出家门，滚雪球，垒滑梯，打雪仗，坐雪橇……

几个中年人到田地里走走，留下了一串串深深的脚印。就听其中一位说："好雪！好雪！瑞雪兆丰年，明年好收成……"

我站在院子里，看蓝蓝的天，万里无云；看漫无边际的旷野，银装素裹。

忽然，我看见一个小女孩，身穿红色的大衣，手执红色的围巾，在田野里奔跑着。她一边跑，一边笑，一边摆动那鲜红的围巾，在蓝天白雪间，她那么灿然，那么美丽，像梅花……

家门口那棵老槐树，也挂满了融融白雪……

我在想：雪花，那么坚强，那么洁净，它美化了冬天，春暖花开时，它又将化成春水，滋润万物……

我情不自禁地捧起一把雪，轻轻地吻它。

我想摘一朵雪花，种植在心灵的深处……

山
谷
里
的
花

登 山

　　我喜爱登山，喜爱站在山顶上的
那种感觉，那种感觉让我喜悦，也让
我沉迷。

　　于是，我努力地创造条件去攀登
一座又一座山。

　　九月，秋高气爽，阳光明媚，我
来到千山脚下的中会寺，想从这里攀
登千山的主峰——仙人台。

　　到达仙人台的路有多条。从中会
寺去，要比其他路近许多。

　　这是一条位于山谷谷底、用山石铺筑、路陡阶多的小路。

　　拾级而上，能看见石阶的缝隙与路旁的岩石上长满青苔。

　　小路在林中延伸。山林，树叶茂密，登山者看不到山顶，望不见蓝天。只有在树叶偶尔稀疏的地方，才能见到点阳光。那阳光就像从密致的筛网里透过来一般。

　　走在小路上，能听到鸟儿的歌声，歌声是从树梢上传来的。虽然看不见鸟影，但是，我能听得出来，它们是一群不同的鸟儿，画眉也在其中。

　　山腰处，但见一条小溪飞流而下。溪水撞在岩石上，有如飞珠溅玉。

　　原来这条小溪时而在岩石上面流，时而在岩石下边流；山腰处水流湍急，山脚处却了无踪影。

接近主峰，路变得陡峭起来，我也越加感到了吃力。

这时的山林，已听不到鸟语水声，变得寂静起来，好像只能听到自己上气不接下气的呼吸声。

主峰，那断崖绝壁上，一棵松树，凌空展开它的枝叶，像黄山松树一样奇美。

站在主峰上，千山奇景，俱收眼底。近看，南西北三面，险峻陡峭，下临深谷，刹那间，你会觉得这山拔地参天，直上青云；远看，烟霭茫茫，群山重重叠叠、连绵不断，你会感叹大自然的神奇与美丽。

我常想：生活，其实就像一座座高山，你需要不断地去攀登。只有意志坚强的人，才能达到"顶峰"。到达"顶峰"的人，才能领略那无限的风光……

著名作家琼瑶曾说："再没有什么感觉比登上一座

'高山'的感觉更踏实，也再没什么感觉比登上一座'高山'的感觉更虚幻。"

是的，站在"高山之巅"，世界仿佛都在你的脚下。

"如果你让自己站在了'低处'，让痛苦站在了'高处'，当你仰视痛苦时，你的灵魂会被不幸撕扯得粉碎"。

朋友，让我们不断地去攀登一座座"高山"吧！生活期待我们去品味那一次次登上"山巅"的滋味……

美丽的清水湾

清水湾，风景怡人，位于海南省凌水县的东部海域。

在海岸线的边缘地带，有一个叫雅居乐的售楼中心，这个售楼中心，每天人流不断。但凡到清水湾观景的人，都会先到这里，这里似乎成了清水湾的门户，是清水湾的风景之一。

游人们，不管男女老少，只要你走进这个售楼中心，主人们便会热情地招待你，视你为看房的客户。

这样你既能看景，又能在这里歇

歇脚，应该是件愉快的事。

有一天，我走进了雅居乐的售楼中心。主人们微笑着端来茶水和甜品，热情地供我享用。起初我有些不好意思，因为我是来看景的。

朋友小声对我说："看景和看房是很难分辨的，看景的人从某种角度上说，也是看房的。"

听朋友这么一说，我好像自在了一些。坐了片刻，便从南门走了出去。

南门外，是一个方圆几百米的喷水池，池底镶有天蓝色的瓷砖，池水清澈，几片鲜红的花瓣不知什么时候飘落在池水中。池中有十个喷水头，这些喷水头像士兵一样，排成两列，每列五个。其实，它们是由十个相同的石雕鱼组成，每个石雕鱼都弯弯地侧卧在石墩上，鱼头向上，鱼尾也向上，丰满的鱼体，能让人嗅出些富贵吉祥的味道。

这种味道，让我想起清代朱凤翔的诗句：竞说田家风味美，稻花落后鲤鱼肥……

喷水池的两边，是椰林、草坪和鲜花。它们向东西两个方向无限地延伸。草坪上有黄金叶、三角梅，还有一些不知名的花，被修剪成各式各样的"围墙"和花篮，甚是好看。

越过喷水池，就是美丽的清水湾了。

清水湾的美丽，对于我这个常住东北的人来说，绝对是震撼性的。

它的海岸线漫长，据说有 12 公里。

白而细的沙滩，在我的视线里，东抵自由灯塔，西到龙头岭，酷似月牙。那被海水刚刚冲刷过的地方平坦如砥，干干净净。

在东北你根本看不到这样的沙滩。

许多游人都赤着脚在上面走，我也将鞋子扔到了一边，光着脚板在上面行走。

沙滩被阳光烤得热乎乎的，走在上面感觉很舒服。

有人在捡贝壳，有人在戏水，还有人竟赤着身体躺在沙滩上享受阳光……

浩瀚无边的大海，向岸边涌来一道道海浪，每一道海浪都翻滚着雪白的浪花。那撞在礁石上的浪花四处飞散，发出雷鸣般的轰响，真是气势磅礴！

这种情景，令人想起"惊涛拍岸卷起千堆雪"的词句。

有人在玩冲浪，那浪峰上的动作灵巧而优美。

海面上不时有快艇飞驰。

当地人告诉我，清水湾的海水质量已达到国家一类海洋水质标准，能见度高达 25 米。

这个指标真是太棒了！这说明，这里拥有世界上最清澈的海水。

有人指着浪花说："浪花越白，海水越清。"

是的，我同意这个说法。海水清才能浪花白。

看着这清澈的海水，我真想一个猛子扎进去……

沿着海岸线，我一直向西走。大约用了一刻钟，我登上了龙头岭。

龙头岭东西南三面环海，南北走向、南高北低。相传 1392 年前（隋大业六年，即公元 610 年），陵水一带经常遭受台风的袭击，当地黎民苦不堪言，观世音菩萨挥动杨柳枝，将五龙王和南海神龟幻化成巨龙山，常居南海，保佑众生，从此便有了"龙头岭"之说。

　　这个龙头岭不算高，但是，站在它的顶峰观海台，眼界却无限开阔。

　　向南望，天苍苍海茫茫，金灿灿的阳光漫空倾泻下来，注进万顷碧波。

　　回望来路，惊奇发现，这山体和那绵延的海滩连在一起，真像一条巨龙……

　　我一边往回走，一边想："今天我们的国家不就是一条巨龙吗？是我们的国家保卫着今天南海的和平与安宁！"

　　次日，我离开了清水湾，登上北去的飞机，可是我的思绪还停留在这个名不见经传、风景却很美丽的清水湾……

我印象中的维克小镇黑沙滩

2017 年 7 月 25 日早餐后，我们乘车前往冰岛最南端的维克小镇，去看那里的黑沙滩。

两个小时后，汽车到达了维克小镇的北端。

黑沙滩在维克小镇的南端，我们下了车，需步行穿过维克小镇。

维克小镇是一个美丽与安宁的小镇。据说镇上只有几百人居住。街道两边有鲜花，路面比较整洁。各式各样的房屋，颜色不一，有白墙红瓦、红墙黑瓦、白墙绿瓦等等，它们有序地排列在东西两山之间的一块平地上，就像山坳里飘来了几朵彩云，如诗如画。

走出维克小镇，一眼就看到了碧波万顷的北大西洋。那黑色的岸边，就是维克小镇的黑沙滩。

黑沙滩沿着海岸线向东西两个方向延伸——东抵一高山的断崖处，那断崖冲着北大西洋，崖壁上全是挨挨挤挤规整的条石，条石犹如风琴的弦，是典型的柱状玄武岩，当地人称之为"风琴峭壁"；黑沙滩西接"象鼻山"的山脚处。

远望，黑沙滩就像张开了两只手臂，紧紧地拥抱着北大西洋。

当我站在黑沙滩上时，黑沙滩竟然让我惊奇万分。

我原以为，黑沙滩同黄沙滩以及白沙滩的区别，仅仅是颜色上的不同而已。可是实际上却大大超出我原来的想象。

　　这黑沙滩，多半是由黑亮、干净、大小不等的鹅卵石构成，它们当中，大的有鹅蛋那么大，小的有黄豆那么小。那上面看不见尘土，也看不见其他杂质，都是清一色的鹅卵石，只是在其底部能看到些细小的沙粒。

　　走在上面，虽然感觉和其他沙滩没有什么太大的区别，但是那沙石不会轻易地灌进你的鞋子里，就是光起脚来走，也不会因为是鹅卵石而感到硌脚，倒有点做足疗的味道，挺舒服的。

　　漫步在黑沙滩上，雪白的浪花不断地拍打着岸边黑色的鹅卵石。这一黑一白，黑白分明，看着就得劲。

　　据说，这些黑亮圆滑的鹅卵石，曾经都是棱角分明的火山岩石，而且表面很粗糙，但是，经过千百年海水的打磨、千百年风雨的洗礼，它们都变成了如今的圆滑

我印象中的维克小镇黑沙滩

的鹅卵石。

我好像在听黑沙滩向我述说"水滴石穿""千锤百炼"的故事。我拿出个小兜兜，捡几块鹅卵石想带回家，带给我的朋友和孩子们，我要给他们讲黑沙滩的故事……

这时，时间接近中午，我们要离开黑沙滩。

我发现远方的山巅覆盖着皑皑白雪，而近处的原野上却长满了绿草和紫色的鲁冰花。

这真是一个神奇而美丽的地方。

我想起一句话："世界是一本大书，若不到处走走，你看到的总会是同一项内容。"

…………

那天，我们来到了黄显声将军的故居

　　三月初南方已是春暖花开，北方
却依然冰天雪地。

　　而3月6日这一天气温又陡降，
寒风刺骨，但是天寒并没有冲淡我们
缅怀革命先烈的热情。

　　一大早，我们一行10人，驱车
100多公里，来到了位于岫岩满族自
治县石庙子镇境内的黄显声将军纪念
馆。这里也是黄显声将军的故居。

　　只见，青砖黛瓦的房屋（正房3
座每座5间，厢房两边各7间）依山

而建，宽敞的院落，四角筑有炮楼。

院外，群山环绕，峰峦叠嶂。

院内，道路的两边建有草坪与花池，只是季节没到，草还没绿，花还没开。

站在院子中间，向房屋看，那屋顶上的蒿草、破损的瓦片以及老旧的门窗，似乎在告诉你，这家庭院已经经历过了漫长的岁月。

1896 年，黄显声将军出生在这里。他的祖辈们，当时绝对是一个大户人家。

如今，这里历尽沧桑，早已物是人非。

2005 年，当地政府为了纪念黄显声将军，在庭院的中间竖立起了黄显声将军的白玉石雕像。

雕像的后面刻有文字："黄显声，字警钟（1896-

1949），辽宁岫岩人。著名抗日爱国将领，民族英雄。1931 年 9 月 18 日，他打响东北抗日战争第一枪，被誉为'血肉长城第一人'。1936 年，成为中共特别党员。1938 年 2 月 2 日，被国民党反动派非法逮捕。1949 年 11 月 27 日，被国民党反动派杀害于重庆歌乐山步云桥，时年 54 岁。"

看到了这样的文字，我们的心情立刻沉重起来。

在纪念馆人员的引导下，我们怀着崇敬的心情走进了东厢房。这里面有黄显声将军及其义勇军烈士们的生平介绍。

黄显声将军 1918 年考入北京文科补习班，是五四运动的积极参加者，五四运动以后决心投笔从戎，1921 年考入东北陆军讲武堂第三期炮科。次年以优异成绩毕业，服务于东北军。他治军严谨，胆识过人，1930 年春得张学良重用，升任辽宁省警务处处长兼沈阳市公安局局长。九一八事变后，黄显声毅然投身抗日。

他以全省的警察队伍为骨干，组织义勇军，对日抗战，转战于辽南、辽西一带，打击了日伪军的嚣张气焰。

1932 年秋，其部队改编为骑兵第二师。

1933 年，在抗战严酷的现实面前，他逐渐认识到，只有共产党才是真心抗日。于是，他通过其秘书共产党员刘澜波与中共北方局联系，请来一大批共产党员到骑兵二师开展工作并在骑兵二师里建立了中共党组织。

1935 年夏，张学良就任"西北剿总"副司令后，任他为骑兵军副军长。但他一再向张进言，不要上蒋"一石二鸟"政策的当，他积极主张联共抗日，拒不执行蒋介石"剿共"的命令。他的骑兵军成了驻西北地区的东北军中唯一没有和红军发生过摩擦的部队。

1938 年春，他受到周恩来的鼓励和邀请，准备去延安参加抗大的领导工作。就在他决定动身离开武汉的前夕，国民党特务秘密逮捕了他。

在狱中，特务机关对其多次审讯，企图从他身上多找些材料，以罗织所谓"通共""联络东北军反抗'中央'"的罪名，但都被他严词驳斥。特务对他进行了残酷的肉体和精神上的摧残，但他宁死不屈，并经常对狱中难友说："咱们要'虎入笼中威不倒'"。在狱中，不管条件如何艰苦，他始终尽自己的努力，为难友、为同志多做一点有益的事情。他坚定地认为中国共产党所领导的人民解放事业一定会胜利！

解说员告诉我们："黄显声将军在狱中本来有好几次逃脱的机会，但是他怕连累别人而毅然放弃。特务头子戴笠找他谈话，声称只要他脱离东北军、脱离同共产党的联系，就放他出去做大官，但是他一概拒绝了。"

…………

我们深深地被黄显声将军的英雄气概所感动。

我在想：为什么黄显声将军在敌人面前会宁死不屈？

我一边想着这个问题，一边走出了纪念馆，心情很不平静。

我想起了刘胡兰"怕死就不当共产党员"的豪言壮语。面对敌人的她，年仅 15 岁，毫无惧色，从容走向铡刀……

我想起了夏明翰疾呼："砍头不要紧，只要主义真。杀了夏明翰，还有后来人！"

我想起了董存瑞手擎炸药包高喊"……为了新中国，冲啊！"

我想起了赵一曼、方志敏、江姐，想起了无数个为中国人民的解放事业而牺牲的先烈们……

我终于明白黄显声将军之所以在敌人面前宁死不

那天，我们来到了黄显声将军的故居

屈，是因为他是共产党人。

共产党人，为了理想信念，为了民族独立，为了人民解放，是不怕牺牲的。

在共产党人看来，为民族独立、为广大劳苦人民解放、为建立新中国，牺牲是光荣的。

不是吗？

焦裕禄曾说过："为人民而死，虽死犹荣。"

共产党人的理想信念，用今天的话讲，就是"不忘初心、牢记使命"——为中国人民谋幸福，为中华民族谋复兴。

无数革命先烈用生命捍卫了党的理想信念，表现出了崇高的革命英雄气概。这种气概来自共产党人对理想信念的追求，对党的事业的无限忠诚。

近百年来，共产党人正是靠着这种对党的理想信念的追求、对党的事业的无限忠诚，才使得我们党一路走来，历经无数艰难险阻却没有被任何困难压垮，也没有被任何敌人打倒。

忠诚是共产党人必须具备的优秀品格。

那些说一套做一套、贪污腐化、对党不忠诚的人，不应该是共产党人……

我想着想着，忽然听一位同行者说："今年是中国共产党建党 100 周年。"

是呀，在即将迎来建党 100 周年的日子里，我们来到黄显声将军的故居，就是要不忘初心、牢记使命、传承红色基因……

巍巍青山埋忠骨，万里山河念英魂。

向黄显声将军致敬！

向无数革命先烈致敬！

金凤凰

梧桐树，干高冠大、枝繁叶茂，应该是树木中的佼佼者。

40年前，我的妈妈就在老家的门前栽种了一棵梧桐树。她常说："要想引来金凤凰，就要栽好梧桐树。"

小的时候我曾问过妈妈："为什么要引来金凤凰？"

妈妈说："金凤凰是一种非常高贵的鸟，她有很多的财宝，又乐于助人。"

我当时有点半信半疑。

妈妈看着我笑着说:"真的呀!"

"那她在什么地方呀?"我追问。

妈妈回答说:"在太阳山。"

"太阳山?太阳那边有山吗?"我迷惑不解。

妈妈煞有介事地说:"有啊!在太阳升起的地方,有一座山叫太阳山。那山上有很多的奇珍异宝,山下就住着一只金凤凰。金凤凰是这座山的主人,每当善良的人走投无路的时候,她都会出现,帮助那些可怜的人。"

随着年龄的增长,我知道妈妈说的是一个传说。

可是,当时我相信妈妈说的话了。

那时我们家里,平日里的饭菜除了红薯就是玉米面糊糊，衣服也是补了又补……

有一天，我跟妈妈说："妈妈，我们也种棵梧桐树吧？我想穿新衣服，想吃大米白面……"

一晃 40 年过去了。我们的国家发生了翻天覆地的变化，人民的生活也有了巨大的改善。就说我们这个小家吧，有了新房子住，有了小汽车开，大米白面已经不成问题，想吃什么想穿什么，要什么有什么……

可是我的妈妈却没有等到今天，她永远地离开了我们。

那棵梧桐树还在。

我想，如果妈妈在天有灵的话，也一定能感觉到金凤凰飞来了。

是的，妈妈，金凤凰飞来了。只不过她不是人们传说中的那只，她是实实在在的、现实版的"金凤凰"，她也从太阳那里来，她有个响亮的名字——中国共产党！

…………

forlenget under utbyggingen fra mot VM
i 1982.

Hoppbakken fikk den karakteristiske
«diamanten» på toppen og bevegelig
startplattform. For første gang ble det
arrangert et VM med automatisk
lengdemåling. Tribunene ble bygd i
betong. I hoppbakken vant Matti Nykänen.
Og hvor var du da Brå brakk staven i den
dramatiske stafett-duellen mellom Oddvar
Brå og russeren Alexandr Zavjalov?

要给后代留下什么样的生存环境

如今城里开车难，路上车辆多，遇上修路、事故、雨雪天气等，还会经常塞车。有时一塞就是半天。半天的时间，车在路上一步一步地动，就像乌龟迈着龟步走走停停，耽误了事情不说，有尿时你还得憋着，弄得你苦不堪言。

有人说："汽车有翅膀就好了。"

可是，汽车一旦有了翅膀，一定会像天空中的一群蜻蜓，那不乱套了？

不仅行车难，停车也难。特别是开车去繁华的地段，到了目的地，一般很难找到停车的位置。经常是车在那里转了好几圈，也停不下来，最后，还得将车再开回来。

这种状况，到哪儿去说理呢？

我认为，主要是城市发展规划没搞好，车辆发展的速度快于道路建设。

我的同事老王说，他能走路去办的事，绝不开车去。

我看这是个好事。远道开车，近道走步，这样既对身体好，又减少二氧化碳的排放，利己利民。

我们居住的地球，被厚厚的大气层（空气）所包围。大气层就好比是地球的保护罩，能防止地球上的热量散失。如果地球上没有大气层，地球就会成为冰球。

要给后代留下什么样的生存环境

水星就没有大气层，白天温度高达 420℃，夜晚则降到 −180℃。可见，地球上的大气层就像温室一样保护着人类。

但是，大气层中的二氧化碳，不能过多。金星的大气层，二氧化碳占了 96%，金星地表温度竟高达 460℃。

我们地球上的二氧化碳，仅占大气层的 0.03%，地表平均温度在 15℃。可见，这个比例合适。

但是近二百年来，随着工业全球化的发展，人类大量地使用化石燃料，如石油（汽油）、煤炭等，排放出了数百万吨的二氧化碳，这么多的二氧化碳，进入到大气层里，致使地球变暖，而且有日益严重的趋势。

地球变暖，会导致南北两极的冰川逐渐融化，海平面不断上升，使陆地居住面积不断缩小。

这种情况如果得不到有效遏制，美丽的马尔代夫用不了多久就会从陆地上消失。

而且，由于海水表面温度逐渐升高，科学家已经观察到全球的台风和飓风有增强的趋势。

台风来袭，必将带来巨大的雨量，雨量多到城市的排水系统无法负荷，导致城市完全"泡汤"。

龙卷风就像一个超大的吸尘器，能将地面的物体卷到空中，它经过的地方必留下满目疮痍的痕迹。

极端的气候来了。大西洋出现了超大飓风，东非饱受干旱之苦，欧洲森林冒出熊熊大火，中国沿海竟然出现了龙卷风……

有资料显示：2008 年中国多个省份遭逢 50 年来最强的寒流，造成春运欲返乡的人无法回家，对生产也带来极大影响。2014 年 5 月中国南方水灾，福建、江西、湖南、广东、广西、四川、重庆、贵州、云南等省份受灾，影响人数超过 500 万。2013 年 11 月，菲律宾中部遭到有历史记载以来的最强风暴"海燕"的侵袭，造成上万人遇难、25000 人失踪……

我们的居住环境越来越恶劣——我国内地特别是北方夏季的气温越来越高，不下雪的地区突然降下暴风雪，超级台风在不该发生的季节出现……这些极端天气，都是全球变暖所带来的结果。

人类的生存环境受到了威胁。我们该怎么办？

5 月，我去了日本，住在一个日本朋友的家里。他的家是在一个公寓楼的里面。刚去时，我发现他家楼下有个存放上千辆自行车的停车场。我感到惊讶！心想：这可是个地地道道的汽车王国呀，也是世界上最发达的国家之一，为什么会有这么多自行车？

在我国像这么大的自行车停车场早已经没有了，而日本每个住宅区基本上都有。

日本的公路上有专门的自行车车道（北欧也是）。我们国家虽然也有，但不规范，也没有形成规模。

那几天，我经常会看到一些日本人骑着自行车在街道上穿梭，他们当中有年轻的母亲带着孩子。那带孩子的情景，就和我们从前一样……

朋友说："日本人很简约、不攀比；相反，我们中国人爱攀比、讲排场……"

朋友的话，对与错我不想评说。

事实上，改革开放以来，我们的生活水平确实提高了，我们也从自行车王国变成了汽车王国。

科技的发展便利了生活，却也破坏了环境，严重影响到运行了数百万年的气候规律，导致气候变化越来极端、剧烈。

我不赞成走回头路再回到自行车王国。但是，如果人们再不停止污染环境，你我都可能成为下一个受害者。那我们的子孙后代呢？留给他们一个什么样的生存环境？

当然，导致全球变暖的因素有许多，也很复杂，比如火山喷发、工业活动等等。

我们国家，当前正在倡导利用新兴的科技来替代、改善和保护我们的环境。这是我们国家对人类的贡献。

我们每个人也可以在力所能及的范围内做些有利于改善环境的事情。

也许我们每个人的影响力非常微小，但是如果我们大家都在生活中身体力行，努力地为减少二氧化碳的排放、制止环境污染做点有益的事情，那么改善我们的生存环境，达到永续环保的目标，还会远吗?

　　我决定也像同事老王一样，能走路去办的事绝不开车。

找对象与捡贝壳

我们常常把恋人称为对象。一般来说，人到了谈婚论嫁的年龄，就该找对象了。

至于找什么样的对象，能否找到对象，这就要看你的运气或者说缘分如何了。那么找对象和捡贝壳之间有什么关系呢？

老实讲，没有什么关系。

但是，找对象却有点像捡贝壳。

那海滩上的贝壳，有大有小、五

颜六色、各式各样，如果你想捡一个贝壳，你会捡哪一个呢？

你一定会捡一个你最喜欢的。

同理，人群中，高的矮的、胖的瘦的、老的少的、丑的俊的、穷的富的等等，你会选择一个什么样的人作为对象呢？

回答，你一定会选择一个你最喜欢的。

这是人之常情。有谁要找不喜欢的呢？

喜欢没毛病，喜欢是爱情的基础。

找对象建立在喜欢的基础上，两个恋人之间才会有情趣，情趣就像干柴烈火，会使两个人的情感急剧升温。

当然，由于每个人的恋爱观不一样，以至于每个人喜欢的内容也会不一样。你喜欢什么，是你自己的事。喜欢的结果，就要看你个人的造化了。

在这里，我所要强调的是：找对象又不同于捡贝壳，尽管它有点像。

像，是因为都存在"挑"的行为。不同，首先，找对象具有双向选择，你看上我，我也得看上你，捡贝壳不具有双向选择；其次，从数量上看，捡贝壳，凡是好看的都可以捡，而找对象却只能找一个。

当然，这和你在哪个国家以及处于一个什么样的历史时期有关。

我们国家目前实行的是"一夫一妻"制。这就决定了你的对象只能找一个。

现在的年轻人精明得很，在找对象的问题上也许会有"备胎"，或者叫"全面培养重点选拔"的计划，这一点可以理解，谁不想找一个可心的对象呢？

但是你也只能是这个不成，才能找下一个。

这是做人的原则，也是道德底线，同时又是对人家的尊重。

"备胎"不是"标配"，只是你耍"小聪明"而已。这种"一只脚同时踏多艘船"的事儿，最好不要做，因为那样，搞不好是要把你自己掉到"水"里的。

所以，找对象是好事，但须谨慎。切记：它有点像捡贝壳但又不同于捡贝壳……

山谷里的花

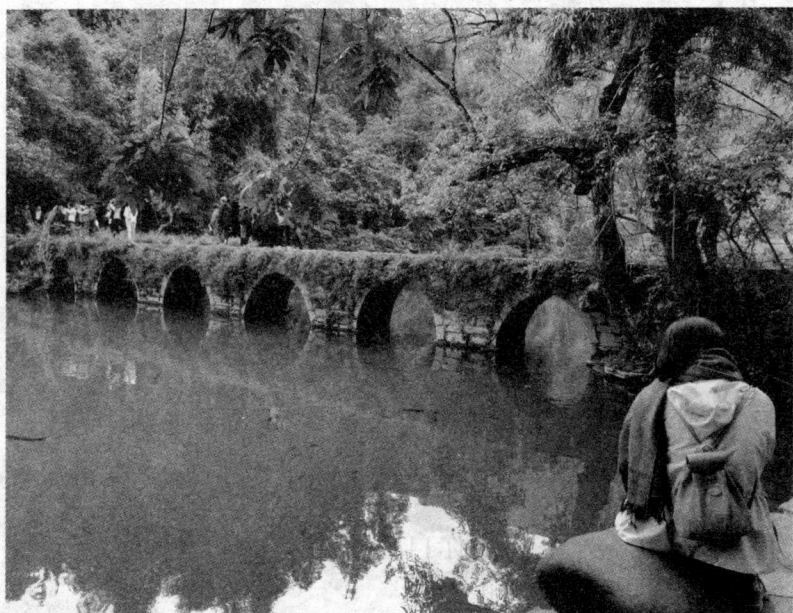

多点微笑

多点微笑，人群中就会多点和谐的音符，生活中"鸡毛蒜皮"引起的摩擦就会减少……

在人与人的交往中，微笑是一种礼貌与尊重；在我们日常生活中，微笑是一种宽容与容纳；在与困难的斗争中，微笑是一种自信与坚强。

我们的生活需要微笑。

这里所说的微笑，是指真诚的微笑，是人们心理健康的表现。

经常微笑的人，能让人感到亲切、

愉快；经常微笑的人，大多能赢得友谊与理解。

微笑就像春风一样，能吹开人们心灵的花朵，是促进人际关系密切友好的润滑剂。

当然，我们说微笑，并不是要放弃惩恶扬善。人应该懂得什么是善什么是恶，并且做到爱憎分明。

微笑，其实就是一种阳光的心态。

在人与人的交往中，不可以把哭丧着脸随便抛给有关和无关的人。那样，只能说明你缺少修养、心胸不够开阔。

胡适曾说："世间最可厌恶的事莫如一张生气的脸，世间最下流的事莫如把生气的脸摆给旁人看。"

世界万物，皆因缘起。要善待生命中遇到的人和物，让微笑成为习惯。我们的生活会因为多点微笑而充满温馨……

择友的一点想法

——致 A 君的一封信

A 君：

你好！

发来的信件收到。知道你又到了一个新的地方。你心地善良，每到一个地方，都想多交几个朋友，这一点可以理解。可是事情的结果却总是事与愿违，有些人不但成不了你的朋友，还似乎对你的热情看不惯等等。

我想，这些都属于正常情况。

不是每个人都能成为朋友的。

今天，阳光明媚。我想就择友等方面的一些问题，和你进行一下交流，但愿我的一页飞鸿，能驱散笼罩在你心头的雾霾。

人，在社会中生活，总会有看不惯你的人，细想，不是也有你看不惯的人吗？

在这个世界上，不会人人都喜欢你，因为，你不是钞票。

做人，其实不需要人人都喜欢，只需要坦坦荡荡、堂堂正正即可。

物以类聚人以群分。你是什么样的人，就找什么样的朋友。交朋友讲的是志同道合，同样的人才能往一堆聚。

"有些人出现在你的生命里，只是为了教会你一些事，然后离开"，不必在意。

生活永远都是自己的。努力活成自己喜欢的样子，没错。但是，你必须明白：不是所有的努力都会有结果，不必在乎别人的眼光。鹰没人鼓掌，也在飞翔；草没人关注，也在成长；深山的野花，没人欣赏，也在芬芳。

无论生活还是工作，都要摆正自己的位置。假如你是一株小草，就为懂得的人绽放一抹嫩绿；假如你是一朵小花，就为怜惜的人散发一缕清香。

多交朋友是好事，但不能强求。知心的朋友，不用太多，三五即可，贵在能和你风雨同行。

记住"要走的人留不住，装睡的人叫不醒"，任何需要费力讨好的关系都没有必要建立，因为，建立了也不能长久。

交人交心，浇花浇根，人和人的相处靠的是一份真诚。与真诚的人在一起，彼此都阳光，拥有正能量，你才会感受到开心和幸福。

当然，最好的结果是：你喜欢的人也喜欢你，你懂得的人也懂得你，你想的人也想你。

"这个世界很现实，但我们依然要做身上有光的人。"

不要忘记那些曾经对你好过的人。著名作家村上春树说："你要记得那些黑暗中默默抱紧你的人，逗你笑的人，陪你彻夜聊天的人，坐车来看望你的人，陪你哭过的人，在医院陪你的人，总是以你为重的人，带着你四处游荡的人，说想念你的人。是这些人组成你生命中一点一滴的温暖，是这些温暖使你远离阴霾，是这些温暖使你成为善良的人。"

好了，先说这些，希望我们能共勉！

人在什么时候最惬意?

有人说:"风光的时候最惬意。"

我不反对这个观点。因为风光的时候,是你"拉风"的时候。

"拉风"的时候,也是你"抢眼"的时候。"抢眼"的时候,你会受到青睐,或者受到追求……这也许是你的工作或者事业取得了骄人的成绩,也许是你的孩子(亲人)经过你的培养走向社会有了出息,也许是你朝思暮想的那个美人终于成为你的恋人等等。

但是，我想，当你饿的时候，能够吃到饭；当你渴的时候，能够喝到水；当你穷困潦倒的时候，能够拿到一笔钱；当你累的时候，能够清闲清闲……这些都应是你最惬意的。

不是吗？

惬意，实际上就是一种心情、一种感觉。当你感觉到惬意时，你就是惬意的。

在我们的生活中，但凡碰到对的事，会满意；碰到对的人，会称心；碰到对的环境，会觉得舒服。

可是，当你碰到不对的事、不对的人、不对的环境，你就会很不惬意。

惬意和不惬意又都是相对的。它们在一定条件下是可以互相转化的。

通常，知足的人惬意的事就多，不知足的人惬意的事就少。

因为知足的人一般都比较宽宏大量，而且能把困苦的生活，活出诗意来。不知足的人，会到处斤斤计较，即使身在天堂，也如地狱一般。

因此，事因知足而惬意，人因惬意而美丽。

这样说来，人在知足的时候，最惬意。

…………

出轨，你掂量了吗?

隔壁老王跟我说，他们单位的一对小夫妻昨天打起来了，说是一方出轨了，闹着要离婚。

说实在的，现在因为出轨而闹离婚的夫妻不少。夫妻之间，最忌讳的是婚内出轨。出轨，会对婚姻造成不可挽回的伤害。

目前，我们国家实行的是一夫一妻制。男女二人通过结婚确立了契约关系，这也表明夫妻之间的性关系，是唯一的和自私的。

那么为什么还会有出轨的事情发生呢？

究其原因，大体可分为以下几类：

1. 利用一些人对性的贪婪，以性做交易，以达到个人的目的；

2. 追求享乐，把性和爱割裂开来，家里是家里，外面是外面，家里红旗不倒，外面彩旗飘飘；

3. "七年之痒"，当新婚的激情过后，他们耐不住婚后夫妻生活的平淡，或者开始对自己的婚姻产生怀疑、动摇，试图寻找新的激情、新的刺激。

············

出轨的原因有很多，类型也很复杂。人作为自然人，在"性激素"的驱使下，也许都会有出轨的念头，这并不奇怪，这是人所具有的本能。古人言："万恶淫为首，论迹不论心，论心天下无完人。"但是人的存在同时又具有社会性，人们会用婚姻制度及伦理道德等去约束人们出轨的行为。

在约束面前，有人能约束住自己，有人不能，而婚姻则需要忠诚，没有忠诚也就没有婚姻的质量和稳定。

显然，出轨者就是对婚姻的背叛。

有人把婚姻比作是一件瓷器，做好它很费事，打破它很容易，收拾起碎片又很麻烦。所以，在婚姻上，我们应该牢记："轻拿轻放，切勿倒置。"

不论是谁的婚姻都需要经营，没有一劳永逸。

男人或女人，想幸福就要控制自己的"欲望"，想"快乐"就不能超越道德底线。守规矩是人和动物的根本区别。

一个讲道德、有感情的婚姻，才能经得起风浪的冲击。

爱是需要积累的，不爱也是。

如果，你想留住婚姻，珍惜来之不易的感情，想出轨了，就得掂量掂量，不要心存侥幸，更不要认为你是情场高手。

中国有句古话：纸里包不住火。

出轨，会使你的家庭破碎。

即使你的家人原谅了你，但是你给他（她）造成的伤害一定是难以修复的，不管时间过去多久，你都会在他（她）的心里留下丑陋的疤痕。

你声名狼藉，你的父母你的孩子，在心灵与身体上，都会受到不同程度的影响。他们能抬得起头吗？

有悖于道德伦理的行为（出轨），社会也会谴责你。

至于那些以性做交易的则更加可耻，她（他）的行为既破坏家庭又滋生腐败危害社会，所要付出的代价会更大。

············

总之，出轨绝对会踩到"雷区"。

在这个问题上一定要谨言慎行。

开车遇到的那点烦心事

　　早上，A开车行驶在一条双向单
车道的公路上。恰逢上下班"高峰"
时间，公路上的车辆比较多，A开得
比较谨慎。

　　右前方的人行道上，一辆原本停
着的小汽车，启动了并跃上了马路牙
子，似乎要从A的前面左拐，往A
的相反方向走。这种情况，A可以不
让它、加一下速，一走了之，可是A
让了。于是那辆小汽车横在了A的
前面，伺机左转。

　　相反方向的车辆一辆接一辆，大

家都急着赶路，没有谁愿意为那辆小汽车让路。那辆小汽车的司机看起来也是个新手，不敢"抢道"，死死地停在 A 的前面等待着左转。

A 的后面憋了一大串的车。有人不耐烦了，按着喇叭，A 也随着按了几下，可是 A 的几声喇叭好像刺激到那辆小汽车的司机了——只见那辆小汽车的司机摇下车窗冲着 A 吹胡子瞪眼，嘴里说："嘀什么嘀！……"

A 觉得那辆小汽车的司机，一点不"讲究"，素质太差，就冲着他说："你走不了，请你把车退回去！"

"我凭啥退回去！"

"马路不是你家的，大家时间都紧，互相关照点！"

…………

B 驾车驶进左转弯车道，赶上绿灯，时间显示还有15秒钟。这时 B 距离路口约有 20 米远，B 前面只有一辆车，且那辆车距离路口已经很近，只有五六米远。于是 B 准备通过路口。可是当 B 加速的时候，B 前面的车却在减速，B 没有想到会有这种情况，急忙刹车。这时，只见 B 前面的车像牛车似的，在绿灯将要结束时，稳稳地停在停止线旁。B 想不明白，这世上竟然还有特意等红灯的人，可是你为后面的车着想了吗？

…………

C 开车，走着走着走到了一辆小客车的后面，小客车开得很慢，C 想超过它，但是都到了路口处，两边都是实线，实线上是不可以超车的，C 只能跟在小客车的后面。

这时，前方路口信号灯为绿色，小客车的前面没有别的车，小客车依然开得很慢。C 着急，担心这次绿灯过不去，就"嘀"了前方的小客车一下，小客车的司机没有反应，仍然开得很慢，C 耐不住了又"嘀"了几下，这回小客车有反应了——只听"嘎"的一声，小客车停住了。

C也被迫停了下来。

"小客车是恶意停车吗？"C想。

C下车要找前面小客车的司机"理论理论"，可是当他来到小客车驾驶室的旁边时，发现小客车的司机是个女的，C把要说的话咽了回去。

C想："她也许是个新手，忙乱之中错把刹车当油门了吧？"

…………

A、B、C，都是我的好友，他们曾经都是"爱车族"，对车有着浓厚的兴趣。可是现在他们都不愿意开车了。他们都想：车能不开就不开，免得心烦……

的确，现在车多路窄信号多，不仅会遇到堵车停车难的问题，还会遇到一些车辆随意变道、一些行人乱闯机动车道、夜间车辆随便开启远光灯、开车时接打电话、马路上乱停乱放等等问题，尽管我们的政府做了努力，交通状况已经有了很大的改善，但是由于地区间经济发展的不平衡，各地的交通状况也不一样。经济发达的地区要好于经济落后的地区。究其原因，无非是经济环境不一样，各地抓的力度不一样，人和人的文化道德素养不一样，等等。

"有人群的地方就会有左中右。"总会有人跟不上时代发展的步伐。

那些在公共场所随地吐痰、乱扔垃圾、随地大小便、大声喧哗之人，在一定程度上，或者说在一些地方不是还存在吗？

我们的制度和法律还有待于完善，人们的文化道德素养还有待于提高。

但是应该看到，我们的社会还是在向前飞速发展的。

飞速发展不等于完美。世界上绝对完美的事物是没有的，哲学告诉我们，完美是相对的，有缺憾是必然。

也许正是因为缺憾的存在，人们才会格外珍惜、向往美好的生活。

生活中还是好人多，社会上还是有阳光的地方多。

尽管我们在生活中会遇到各种各样的人、碰到各种各样的事，可一旦"上了生活的贼船，就要做一个快乐的海盗"。

因为，你只有快乐，才会看山山美、看水水秀。

至于行车中遇到的那些不愉快的事，就随它去吧！不能因为一些人的无知、尖酸、乖戾把我们的心情拉进谷底。"人生的高度，不是你看清了多少事，而是你看轻了多少事。"

当然，人类文明社会的建立，需要大家共同努力、共同建设，任何一个人都不可能独立于社会之外。

那我们不妨先做好自己——遵守交通规则，该礼让礼让，设身处地为他人着想，将善良与正义进行到底。

我相信，随着社会的发展，人们的道德觉悟会不断提高，各地的交通状况也一定会越来越好。

想发财吗?

—由朋友的发财梦想到的

我的一个朋友说，他做梦都想发财，发财了，就好好潇洒潇洒……

谁不想发财?

发了财，花钱爽、日子要好过得多。

可是，梦归梦，钱财不会大风刮来，也不会天上掉下来；它不会主动送到你的面前，也不会因为你想它了它就来到你的面前。

想发财，就要有发财的道道。

古人言：君子爱财，取之有道。道，乃正道。

偷和抢，不是正道。

贪污受贿，坑蒙拐骗，也不是正道。

所谓正道，一般具备两点：一是来路合法，二是获取的方式正确。只有通过正确而合法的方式获得的财富，才为正道所得。那些通过不合法而获得的，即便你享受到了，最终也将付出惨痛的代价。

我的另一位朋友 A 下岗，听说开饭店挣钱，他借钱开了一家饭店。但他不会炒菜，也不懂经营，只有热情有干劲，起早贪黑忙活了三个月，结果，钱没挣到，还搭进去不少。

起初，A 君心态很好，不断地提醒自己：万事开头难，有困难也得坚持住！两个月过后，他仍然抱有希望，心想：挺过这段就好了。可是接下来生意还是不好，每天开销不少，入不敷出，钱袋子越来越瘪，三个月过后，挺不住了，只好关门。

关门之后，A君很沮丧，心想：吃了不少苦，钱没挣到，还赔了不少。

生活往往就是这样，有些事，不是你吃苦就能办得到的。发财是有条件的，它不仅要求你合法，而且还要求你掌握一定的技巧与方法。

就说开饭店，首先，你最好是个"吃茬"。所谓"吃茬"，就是你先得爱吃，视吃为乐趣。A君不太爱吃、对吃不讲究，吃起饭来，不管什么东西，也不管是咸了淡了，吃饱就行，他的乐趣不在吃上。很难想象，一个不爱吃的人能开好饭店。

其次，你得会吃，什么样的好吃，什么样的不好吃，你得有一个基本判断，而且，你的判断标准（口味）能被大多数人认可，或者，你的口味适合大多数人。最好，饭店的主副食你都会做，不一定亲自做，但要会做。A君不但不会做，而且别人做得好坏他也说不准，只能听员工的。这怎么能行呢？外行不能领导内行。

再次，你要懂经营。经营涉及很多方面，比如饭店的选址、饭菜的质量（酒水）、价格的制定、原材料的采购、人员的配备、服务员的服务水平、规章制度的建立等等，这些方面你都得做好，这样，你的发财梦，就快实现了。就像一个人开服装店，他所卖的服装，在款式、颜色、质量、价格等多方面都能被多数人看好，他的服装店才能开得有声有色。

说到底就是干什么要懂什么，懂什么要做好什么。

这道理说起来好像都懂，可是一旦做起来，能不能做到位就不那么容易了。

我记得北京有一个海底捞和我们这边的海底捞在品

种特色上差不多，但是效益却不一样，北京的那个海底捞要比我们这边的海底捞好很多。为什么？调查一下，除了地理位置因素外，主要差在服务上。北京那个海底捞的全体成员，包括备菜的、收拾卫生的等等，如果和你打个照面，他们都会眼睛看着你、微笑地和你说"你好"，让你感到非常亲切。我们这边的，只有前台的服务员和你打招呼。你进来时，他眼睛看着别的地方，嘴巴却和你说"欢迎光临"。你走的时候，他好像在忙些什么、将后脑勺对着你说"欢迎再来"。有的服务员，甚至你来去他都没有动静，看都不看你一眼。

这样的饭店，想有个好的效益，我想不太容易。难道他们不知道服务员的服务水平至关重要吗？说起来好像都知道，就是做起来做不到位，做不到位等于白做。

不要小看服务水平。

在我家的旁边，有一家私人医院，每天来这里做B超的人络绎不绝。

是这里医术高明吗？

不是。这里的医术和别的医院都差不多，但是服务水平不一样。

在这里做 B 超，在你身体上滑动的触头是温热的，让你觉得特别舒服；而其他医院的触头是凉的，特别是冬天，冰凉的触头会让你感觉很不舒服。B 超做完，这里的大夫会亲自用热毛巾给你擦拭，其他医院的大夫，大部分会扔给你些纸巾，让你自己擦拭。

所以，服务水平不同，效益就会不同。

当然，我说的不一定全面，不同的行业又会有不同的要求。

但是，有一点一样，即做什么精通什么，精通什么做好什么。不管你做什么，你如果做不到这一点，对不起，就别再妄想了，老老实实地挣你的工资吧！

相爱的人一定会在一起吗?

前几天，在"头条"里看到有人问："相爱的人一定会在一起吗?"

我当时没有回答。

但是，这几天我一直在想这个问题。

我想起了罗密欧与朱丽叶，想起了牛郎与织女，也想起了那些虽然生不能在一起、但死也要缠绵续前缘的人……

我觉得我应该回答这个问题。

　　相爱的人是应该在一起的，可是，古今中外的历史上，却有不少相爱的人，由于种种条件的限制，他们最终没有走到一起。

　　如此说来，相爱的人走到一起，是要受到客观条件限制的。

　　这个客观条件，就是你所在的社会制度与自然环境。

　　如今，时代变了，就我们国家而言，男女平等，婚姻自主。这就为相爱的人走到一起提供了良好的社会环境。

　　当然，这并不是说，由于"平等"了、"自主"了，你就可以想爱谁就爱谁，不是你随便爱一个人就能走到一起的。

　　目前，在我们国家，相爱的双方，必须都是单身

（未婚或离婚）。如果不是单身或者一方不是单身，那么就不应该相爱，或者说，这种爱是没有资格的，更谈不上走到一起了。

不反对与异性交往，但是，在与异性的交往中，相互间，都要给自己设定个"度"。这个"度"就是不能超越道德与法律的底线。超越了，你就要掂量掂量超越的后果。

爱情是美好的，也应该是纯洁的。处于婚姻中的双方都应该互相保持忠诚。"情"，到啥时都不能乱。

不能吃着碗里的，还想着锅里的。若想幸福，就要控制自己的"欲望"，夹起尾巴做人。侥幸心理不要有，纸里包不住火的。

假如你恣意妄为，把快乐建立在别人的痛苦之上，那你和动物又有什么区别呢？

爱，从古到今，让人魂牵梦绕、欲火燃烧。

那种"在天愿为比翼鸟，在地愿为连理枝"，感动了多少代人！

相爱的两个人走到一起，其实最开心的事儿，就是在一起慢慢变老。

当然，这个世界上，如今仍然有太多的身不由己，姻缘也是一样。婚姻就像冰山上的雪莲，离不开特定的生长环境。这是客观事实，是不以你的意志为转移的。

但愿天下有资格相爱的人终成眷属！

玩具也会打上时代的烙印

小外孙女，你真是快活呀，一早起床就玩玩具。

吃饭时，将"娃娃"带到餐桌上；洗澡时，将"小鸭子"放到水盆里；户外活动时，将玩具车带到户外去……

现在的小孩子们，真是太幸福了，玩具多得很——小猫小狗小兔子各种动物玩具形象逼真栩栩如生，积木、球类、小汽车等玩具种类繁多做工精致，真是要什么有什么，而且都可以从商店买回来。

我小时候，哪有这个条件呢！

当年，绝大多数的小朋友也没有这个条件。

那时，玩具的种类少得可怜，基本上都是自己制作，商店里很少有卖的。

你玩什么玩具，他玩什么玩具，孩子们的玩具基本都一样。

你做什么玩具，他也做什么玩具，材料一样，款式一样，玩法也一样。

到冬天，玩陀螺、冰车、冰滑子。过了冬天，欻嘎拉哈、滚铁环、弹玻璃球、踢毽子、跳皮筋……

当然，踢毽子、跳皮筋一年四季都可以玩，欻嘎拉哈，冬季在屋里也可以玩。

这些玩具，除玻璃球外（玻璃球是买的），制作起来都非常简单。就说陀螺吧，找根圆木棒，将其锯下一小段，长短随意，一般长不超过七八厘米，然后将其一端用刀削成圆锥体，就像削铅笔，再找来一枚滚珠，用锤子将其固定在圆锥体的顶部，这样，陀螺就做成了。

还可以在陀螺上面涂点颜色，这样陀螺旋转起来非常好看，像彩蝶，也像多彩的旋涡。

说实在的，尽管那个年代的玩具和现在的比起来，要粗糙、简单不少，但是，小时候能够拥有它们，心里也是非常高兴的。

当然，和我们比起来，现在的孩子们要幸运得多了。

现在，走进任何一家商场里，都能看到由木器、塑胶、金属、绒布等材料制作的形象玩具、组合玩具、文字玩具、益智玩具等等，真是多元化，系统化，知识化，而且智能化。

时代不同了，玩具也会与时俱进。不同时代的玩具会有不同时代的特征。但是不管时代如何发展，我想，孩子们玩玩具时的笑容应该是一样的灿烂。

你瞧，我那小外孙女玩玩具时，眼睛总是笑眯眯的……

猫，我这样看你了

不少人喜欢猫，有的不惜花重金买只外国的波斯猫在家里养着。

我的朋友 A 也喜欢猫，他买了一只外国的折耳猫在家里养着，折耳猫似乎比波斯猫好看一些——水汪汪的大眼睛、浑圆的脸部，看上去挺漂亮的。

可是，我不喜欢。

也许是因为小时候听姨妈说过"猫是奸臣，谁家有好吃的就往谁家跑"，或者是因为小时候我的手被猫挠过。

总而言之，我是不喜欢猫的。

但是，自从两个月前一只猫跑到我家门口之后，我却改变了对猫的看法。

记得那天，门开着，一只猫不知什么时候跑到了我家门口，它站在那里，好像很谨慎，冲着屋里"喵喵"地叫着。我抄起一把笤帚，向它挥舞了两下，想把它赶跑。

谁知它没有被我的举动吓跑，而是目不转睛地望着我，嘴里仍然一个劲地"喵喵"的叫着。我听不懂它的意思，但觉得好像在向我乞求什么。

我打量起这只猫来：一身灰色的毛带有黑色的条纹，瘦得皮包骨，肚子挺大的，脸竟然是一半土黄色一半黑色，真是太丑了，浑身上下脏兮兮的。我断定它是只带崽儿的流浪猫。我心软了。

我想，它一定是饿了，不忍心再撵它，决定弄碗粥给它。它好像明白我的意思，规规矩矩地站在门口等着，我把一碗粥放在了它面前，它没用几分钟就吃完了，吃完就走了。

第二天，我想那只猫一定还会来，我就在外面预备点猫食。碰巧赶上我出差，一走好几天。

当我回来时，发现门外的猫食没有了，却有了一条小鱼。

奇怪，哪儿来的鱼呢？我心里想。

我和邻居说了这件事，邻居告诉我，前两天他看到一只丑丑的灰猫嘴里好像叼着一条小鱼往我家这边跑了。

邻居是个老实人。如此说来，这条小鱼一定和丑猫有关了？

我知道猫爱吃腥的，可这条小鱼，丑猫为什么没有吃呢？

我的家人知道后对我说："莫非丑猫是为了感恩？"

于是，她给我讲了一个故事：

在一个寒冷冬季的早晨，女主人像往常一样打开柴屋的门，准备取些木柴做早饭。忽然，她听到"喵喵"的猫叫声。奇怪，家里没养过猫，究竟是怎么回事？她顺着叫声找过去，竟发现一只母猫和刚刚生下的六只小猫。

小猫的眼睛还睁不开，冰冷的地面迫使它们缩成一团，一个劲儿地往母猫身子底下钻。看到有陌生人来了，疲倦而虚弱的母猫十分警惕，浑身的毛都竖了起来，它低声叫着，弓起腰，准备和入侵者拼命。

　　女主人见此情景，不禁起了怜悯之心，她默默地回去，给母猫一家取来御寒的旧毛毡和一些吃的。母猫呢，仿佛明白了她的心意，也就毫不客气地大吃起来。就这样，一个月、两个月，小猫渐渐长大，冬季也在这温暖的呵护中过去。

　　一天早晨，女主人像往常一样来喂猫，猫却全都不见了，它们悄悄地搬走了。后来，发生了很多怪事。门口时常会出现一条小鱼或者别的什么。是谁在开这样的玩笑？刚开始，大家以为是有人恶作剧。

　　谁知，第二年依然如此。等到第三年的时候，家人觉得实在是太离奇了，于是，在一天晚上，男主人裹了棉被坐在外面，盯着门口，一定要查个水落石出。

　　结果，半夜的时候，发现远处走来一只猫，嘴里叼着一条小鱼，走到门口，把鱼放下，然后悄然离去。

　　猫是在报恩。

家人的故事讲完了，我的心里像开了一朵花。

我无法考证这个故事的真实性，但是这个故事却拉近了我和猫的距离、改变了我对猫的看法。

我开始想念那只丑猫了——它现在怎么样了？有吃的吗？是否下崽儿了……

先前拥有的"猫是奸臣，谁家有好吃的就往谁家跑"的想法，此刻，也不知跑到哪里去了。

也许你还会有这种想法。

细想，人不是也有"贪心"的吗？吃着自家"碗里"的，却惦记着别人家"锅里"的，何况一只猫呢？

我喜欢上猫了……

知足就幸福

说起幸福来，总有人晃着脑袋，似乎幸福离他们很远。这些人当中有穷人，有富人；有忙着的人，有闲着的人……

不同的人会有不同的幸福观。就拿钱来说，穷人的幸福观一定离不开钱，而富人的幸福观一般和钱就没有关系了……尽管这些人的幸福观不同，但是，当他们认为自己不幸福时的感觉都一样——幸福离他们很远。

幸福真的离他们很远吗？

非也！

今天的中国人，无论是"穷人"还是"富人"，或者说无论是"忙着的人"还是"闲着的人"，其实你们都幸福着呢！

不信，你和叙利亚的人民比一比！他们每天身在炮火之中，生命时刻会丧失掉，吃不好睡不好，流离失所无家可归……

你不比他们幸福吗？

新冠疫情发生后，因为我们有一个对人民高度负责任的政府，所以我们国家在新冠疫情的防控上，在世界上都是效果最好的，作为一名中国人，你不感到幸福吗？

再看看今天你们吃的啥穿的啥，你们的父辈们过去吃的啥穿的啥……

别身在福中不知福。

生活中你可能有这样或那样的困难，或者有这样或那样不开心的事，这很正常。天有阴晴，月有圆缺，世事难圆满。

关键是你要调整好自己的心态，心态决定了你的世界观与幸福观。心态好的人，在衡量幸福时，总能选好"参照物"。

古人云："若无闲事挂心间，便是人间好时节。"

人的生命是有限的，没有必要把时间浪费在烦恼上。要学会在困难中取悦自己，丢掉烦恼，保持乐观的心态，要有迎难而上、战胜一切困难的勇气。

只有这样，你才能到达理想的境地。

不经一番彻骨寒，怎得梅花扑鼻香？

人的心胸就应该宽广。心胸宽广了，你才能看啥啥都是风景。

常言道："自古神仙无别法，只生欢喜不生愁。"

幸福其实就是一种感觉，一种来源于实际生活中的感觉，这种感觉能让你心情舒畅称心如意，那你就是幸福的。

如此说来，知足的人通常幸福感总是满满的，而经常站在这山望着那山高、不满足于现状的人，幸福感一定总是瘪瘪的。

幸福就是一种选择，你选择了知足，你就选择了幸福。

善意的假话

刚上班的时候，有人跟我说："到了单位，一定要和单位的领导搞好关系。如果领导说鸭蛋是树上结的，你一定要说'对！对！是树上结的'……"

说者好心。

可是我不愿意这样做。因为我不会说假话，这种溜须拍马、阿谀逢承的事我更做不出来。

当然，我并不反对和领导搞好关系，我们的领导也不一定都喜欢溜须拍马之人。

但是，可以肯定的是，在单位里经常顺着领导说话的人，一定比经常戗着领导说的人吃得开。

而像我这种头脑不会拐弯的人，自认为不适合在单位里上班。于是，2000 年我从单位辞职，开始自己"单干"。

我觉得单干比较适合我，用不着看谁的脸色行事。

可是，现在想想，有时候说一些假话不一定是坏事。比如对别人有好处的、出发点是善意的，这种假话还是要说的。

这种假话不带有恶意，不是为了自己的利益，而是为了他人着想。

有一次，我在网上看到一个故事：有一位母亲喜欢吃虾肉，她的家庭并不富裕，但是她为了她的女儿，吃虾时，总是把最好吃的虾肉让给她的女儿吃，她女儿不解，问她，她说自己喜欢吃虾头。

真是可怜天下父母心。

生活中，这种善意的假话，其实有许多许多。

我们经常能看到或者听说一个患者被查出患有绝症或者患有其他严重疾病时，为了避免患者出现恐惧，家人或者医生不会告诉其真实的病情。而这时，医生或者家人对患者的一句善意的假话，或许就能让一个患有绝症或者患有其他严重疾病的人看到希望，从而走向康复，或者达到延长生命的目的。这种例子，现实中不胜枚举。

当然，善意的假话也是谎言。只不过这种谎言更多的是给予我们温馨、和谐和希望。

如今，为了他人，为了社会，我想应该适当地说说善意的假话。

想健康就要少生气

经常看到一些人碰到一些伤心的事，就生气想不开，越想不开越生气，最后把自己的身体气"坏"了。

人生在世，有谁没生气过？

生气是难免的。

但是，生了气之后，要学会尽快地消气。

如果不消气或者经常生气，会对你的身体造成不利的影响。

一般生气时，你的心情会越来越

差，容易造成神经系统的功能紊乱，比如胸闷、憋气、头晕、心慌等等；还有可能睡不好，吃不好，甚至做出一些过激的行为，砸锅摔碗、与人冲突等等；不仅使你的身体、经济蒙受损失，还有可能给你的家庭及社会带来一定危害。

"花是浇死的，鱼是撑死的，人是气死的。"

这不是危言耸听，百病皆生于气。

生气时，人体会分泌"儿茶酚胺"，使血糖升高，血液中有毒的物质会增加，肝脏的毒素也会越来越多，就像你的房间里及其通道上堆满了恶臭的垃圾，而你却在其中……

你的身体会加速衰老，会出现色斑、抵抗力下降等诸多不良反应。

因此，保持良好的心态、避免生气，才能使身体的机能处于一个健康的状态。

民间流传一些消气的方法，可以借鉴。比如：

1. 倾诉——如果你感到非常生气，可以找知心朋友或信赖的人诉说内心的不平；

2. 回避——远离令你生气的人或事，假如你明知道一些人或事容易令你生气，而你还要去接近的话，那你就是找气生；

3. 运动——跑步、打球及参加一些娱乐活动，参加这样的活动能让你身心放松忘却烦恼；

4. 想得开——就是眼界要宽，心胸要大，该放下的则放下。

当然，前提是要加强自身修养，开阔心胸。只有心胸开阔了，心理承受能力才会强大。

总之，想要健康，就一定要使自己成为少生气和快速消气的乐天派。

你爱晒太阳吗？

我们的生活离不开太阳，大家都喜爱太阳。

但是，绝不是每个人都喜爱晒太阳。

为什么？

怕被太阳晒黑了呗！

据我观察，外国人喜爱晒太阳的多，中国人喜爱晒太阳的少。

这可能与肤色有关，肤色不同，人们的审美观念也会不同。白种人认为：晒太阳，他们的肤色会变得白里透红（小麦色或巧克力色），显得健康耐看。黄种人认为：晒太阳，他们的肤色会变得黝黑，显得埋汰难看。

因此，外国人（白种人）热衷于晒太阳，热爱赤身裸体去享受沙滩、海水和阳光。而中国人不喜欢晒太阳，特别是女人，为避免被太阳晒黑，出门都把脸捂得严严实实或者抹上厚厚的防晒霜……

中国过去有"男的面赤女的面白"之说，而如今这种说法可能不存在了。因为，现在大多数中国人还是喜欢皮肤白皙之人。女人们漂不漂亮，皮肤是否白皙也是个重要标准。

无论你是男人还是女人，多数人都会认为"一白遮百丑"。

这样，为了怕晒黑，采取点措施无可厚非，因为爱美之心人人有之。但是，凡事要有个度，不能一点太阳也不晒，一点太阳不晒，时间久了就要影响身体健康。

身体健康没有了，美又何在呢？

万物生长靠太阳，我们的身体也离不开太阳。每天坚持晒晒太阳，对我们的身体是有益处的。

据说：

晒太阳能增加皮肤的弹性，尤其是年长之人皮肤比较松弛，晒晒太阳有助于皮肤弹性的维系。

晒太阳可以刺激我们人体的造血功能，年龄大了，从中医上看，气虚了血亏了精也亏了，那么，晒晒太阳，能"汲取日头之精华"，刺激我们人体的造血功能。

晒太阳还可以提高我们人体的免疫机能，尤其是体表的免疫机能，太阳光中有着适量的紫外线，它可以杀灭细菌和病毒。

晒太阳还可以调节糖代谢，高血糖的人晒晒太阳是有好处的。

最重要的是，晒太阳可以调节和促进我们人体对钙磷的代谢，促进我们的机体合成维生素 D。维生素 D，是人体吸收钙的过程中必不可少的物质。补钙，没有维生素 D 的参与，人的身体是吸收不了的。所以，晒太阳，既可以促进钙磷的代谢，又可以促进维生素 D 的合成，有助于促进我们的身体对钙的吸收。

晒太阳的好处真是很多！

但是，月满则亏、日中则移，晒太阳晒多了也不行。

暴晒或者将身体长期暴露在太阳底下，接触过多的紫外线，会使皮肤灼伤、干裂、脱皮，严重者会引发皮肤癌变。

所以，晒太阳也要有所讲究。

清晨或者傍晚晒太阳最好，因为这段时间红外线强，紫外线弱，太阳对我们的皮肤损害比较小。

晒太阳的时间，每天最好 20 分钟，晒过太阳之后，要多补充水分，多吃水果，水果里面富含维生素 C，以防止黑色素的形成。

看来，我们的身体只有正确地晒太阳，才能好处多多。

仔细想想，其实人的思想也应该经常地"晒晒太阳"。比如不断地解剖自己，提高思想认识；加强人与人之间的沟通交流，消除隔阂；调整好心态，以阳光的心态面对生活、面对工作，等等。

思想上经常地"晒晒太阳"，灵魂才不会发霉变质。

　　如此说来，人的灵魂与身体都需要经常地晒晒太阳。

　　你说呢？

身体是自己的吗?

前几天看了一篇文章《什么是你的?》。该文的结论是:车子、房子、票子(金钱)、爱人、情人、孩子到"最后"都不是你的,只有身体是你自己的。

身体是自己的吗?

我不完全认同身体是自己的。

我觉得你的身体是你的又不是你的。这话看似矛盾,其实不然。

说是你的,是从物质方面说,你

的身体就是你的，绝对不是别人的，这一点谁也否认不了。但是从情感（意识）上说，你的身体又不是你的。

前几年，我认识一对夫妻，那时他们刚刚退休，听说他们唯一的女儿当时在法国留学。退休时老两口都觉得身体还可以，于是两人买了一辆房车想去旅游。谁知这时丈夫得了脑溢血住进了 ICU，十天后丈夫性命保住了，却成了植物人。

妻子受不了这个打击，终日泪水洗面，终因伤心过度、积劳成疾，患上了肝癌，结果，不到半年的时间，就先丈夫而去了。

多么令人悲哀的事情！

今年（2021 年）5 月，在甘肃黄河石林越野马拉松赛中不幸遇难的 21 人中，有一名是来自重庆的女跑友——文境，这是一个非常阳光开朗的姑娘，据知情人讲，她刚领取了结婚证，原本打算 10 月举行婚礼，可没想到她却因恶劣天气身体失温、器官衰竭而一去不回了，她的家人收到噩耗后悲痛欲绝……

所以，不要认为你的身体就是你自己的。你身体的好坏、健康与否，时刻牵扯着你亲人们的身心。

因此，照顾好你自己的身体，不仅是对你自己负责，也是为他人（亲人）着想。

切记：身体不仅是你自己的！

向往什么样的生活？

每个人都会有自己向往的生活。

有位朋友问我："你最向往的生活是什么？"

我告诉他，我最向往的生活不是灯红酒绿吃吃喝喝，也不是住在城市里，城市里的高楼林立不如青山绿水，我想去农村，在农村里生活。

如果有一天条件允许，我会离开城市，到农村找一间房子，房子的前面要有一个园子，园子的外面最好再有二亩农田，我就在那里过安静的生活。

这种安静的生活是简单的生活，节奏可快可慢，自食其力，不用考虑复杂的人际关系。

每天，我会临窗而坐，读本闲书；还会到园子里走走，呼吸呼吸新鲜空气，伸伸腰，踢踢腿。

最好隔三岔五约上几个好友，围桌而坐，喝杯清茶，侃侃大山。

至于园外那二亩地，我会抽时间好好打理打理，种些应季的蔬果，保证绝对的"绿色"。

也许我还会再养几只鸡几只鸭……

这就是我向往的生活。这里没有欺诈、没有污染，一点都不复杂。

也许你会觉得这样的生活太单调太乏味，似乎有些原始的味道……

我不否认。但是这样的生活清纯。

我不是刻意开倒车，我不希望社会倒退。我只是渴望能有一个安静与自然的生活。在这个安静与自然的生活里，没有钩心斗角尔虞我诈，也没有甜蜜素、膨大剂，转基因之类的东西。天是蓝的，水是清的……

也许有人在说我逃避。

生活上，其实人或多或少地都会有点喜新厌旧。有些人无论在哪里生活，久了，就会感觉厌倦，就会有一种想要逃避的冲动，或者总想改变它，就如一种东西吃厌了就想换一种口味。

然而，我不是逃避，也不是喜新厌旧。我总想寻找属于自己的那份清闲、那份自在、那份淳朴，即使有时会苦一些累一些，我也不会在乎。

那种"绿色""纯洁""自然"的生活，永远是我的向往。

苣荬菜，我的"护身符"

我家门前的台阶上，春天时，从缝隙处冒出一个嫩芽来，那嫩芽小小的，绿绿的，一时还判断不出它是什么植物。

但是，不管它是什么植物，只要是绿色的，我就喜欢。

为此，我每天进出都小心翼翼，生怕碰到它。

十几天过去了，当我再次端详它时，它已长到了手指那么高，有一对柳叶状的叶片，原来是棵苣荬菜。

有人想把它拔掉，说它长错了地方。

我不同意。

就让它在那儿长着吧。

水泥地面上，有了点绿色，就有了点生气。它像花朵一样，点缀着我家门前的景象。

一些闲着的人，从门前经过，都会转过头来看看它。

尽管它看上去有点孤单的意味，却显得弥足珍贵。

一位朋友曾和我说过一个寓言："一块冰在撒哈拉沙漠，被太阳融化得只剩小小一块。冰感叹着说：'沙漠是冰的地狱，北极才是冰的天堂。'而沙对冰说：'冰在沙漠时才最珍贵，冰在北极是最不值钱的东西。'"

想想这位朋友说的寓言，还挺有道理。人世间的一些事物，有时还真是"物以稀为贵"。

可是，我之所以不同意拔掉台阶上的苣荬菜，理由绝不仅仅是"物以稀为贵"，也绝不仅仅是因为它长在水泥地面上显得好看而已。

我和苣荬菜其实有着一段特殊的经历。

小的时候，家的园子里面养着一些鸡鸭鹅。我放学后，第一个任务就是去挖苣荬菜。

挖到苣荬菜，拿回家里，往菜板上一放，用菜刀将其剁碎，再拌些谷糠，鸡鸭鹅的美食就做好了。

有一次，我走出家门很远，在一山脚处的玉米地里挖苣荬菜。挖着挖着，忽然从山上传来"轰"的一声巨响，原来此山有一个采石场，采石场的工人正在放"采石炮"。他们没有想到此时在山底下的玉米地里还会有个小孩子正在挖苣荬菜。

只见拳头大小的石头，雨点一样从天而降。

"怎么办？"

"我往哪里躲？"

顷刻间，我意识到去哪里躲都来不及了。我惊恐地把装着苣荬菜的篮筐举在头顶上，闭上眼睛……

随着"噼里啪啦"一阵碎石砸入玉米地之后，我发现，我很幸运地躲过了这一劫，我和我挖的苣荬菜都安然无恙。

回到家里，我将此事告诉了妈妈。妈妈大吃一惊，心疼地摸着我的脑袋说："以后不要去那里挖苣荬菜了。"

时过境迁，想不到原来用来喂鸡鸭鹅的苣荬菜，现在已经成为人们餐桌上的美食了。

其实，苣荬菜的营养很丰富，只是过去人们没有认识到。它含有人体所需的维生素、蛋白质、钾、钙、磷等多种微量元素，食用价值很高，据说它的药用价值也很大，是一种纯天然的清热解毒、凉血利尿、消肿排脓、止咳止痛的良药。

　　小小的苣荬菜竟然浑身都是宝，然而在人们都喜欢吃它的时候，我却不忍心再"伤害"到它，我总感觉到它好像是我"患难与共"的朋友，又好像是我的"护身符"……